はみだしルンルン

鹿子裕文

絵・モンドくん

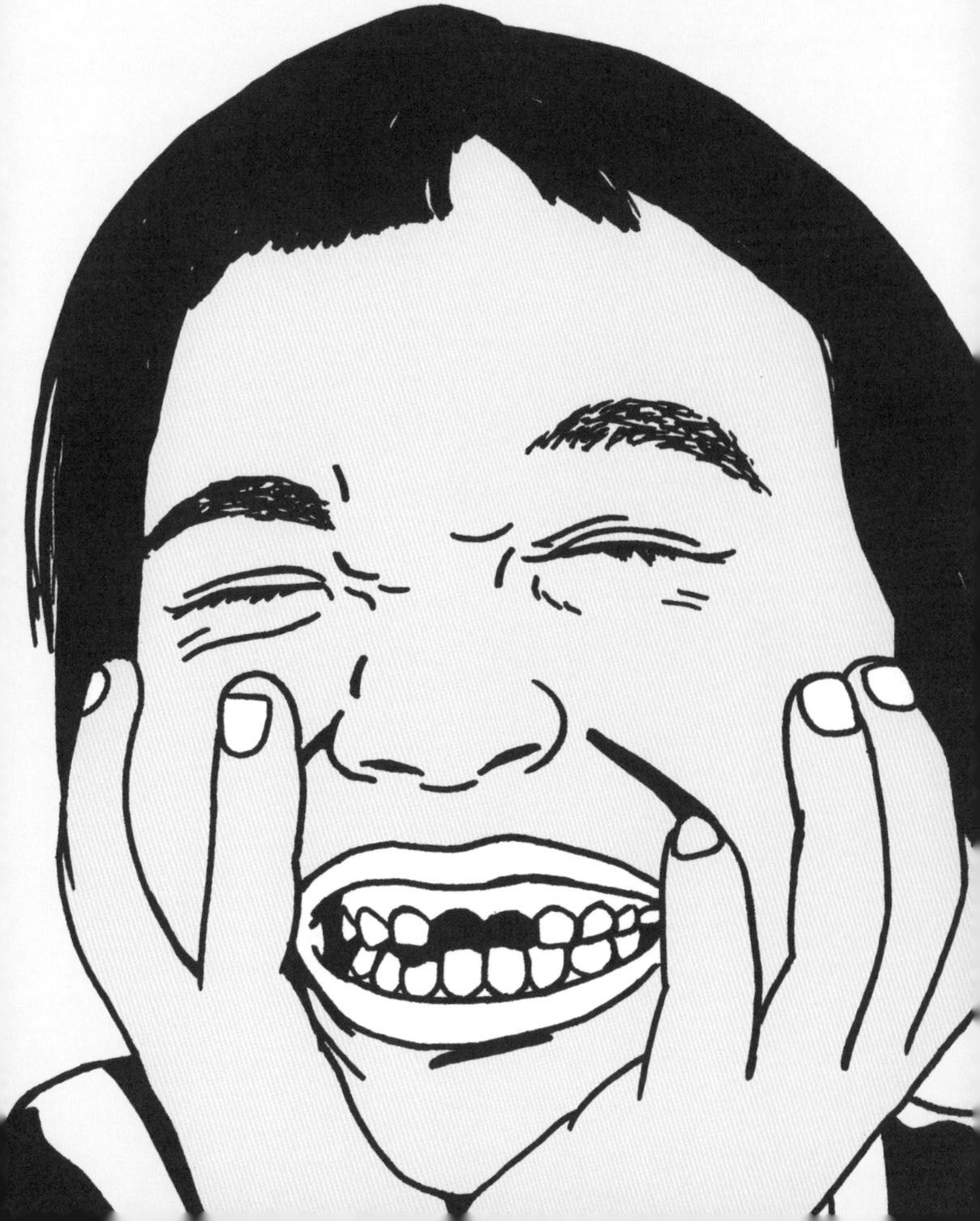

まえがき

この本はとても「ゆるい読み物」である。ゆるすぎてゆるすぎて、パンツのゴムが切れてしまったような気分になる本である。

そのため、読むとぼんやりする、細かいことはどうでもよくなる、やる気がなくなる、なまけたくなるなどの症状が出ることも「ない」とは言えない。どちらかと言えば「ある」ような気がする。また、読んだところで頭が良くなるようなことはないし、役に立つようなこともおそらくないということは、本当のことだからはじめに言っておきたい。

僕は福岡市に住むダメ人間である。会社勤めがまともにできなかったのでフリーになったが、なんかやっぱりダメだったという経歴を持つ編集者であり著述家だ。どのようにダメなのかは、この本を読めばだんだんわかってくると思われるが、「わかったところでどうにかなるのか！」と聞かれたら、それは僕にもよくわからない。

とにかくこの本には、東京新聞の朝刊文化面に月一回書いていた連載の原稿が収録されている。最初は一年という約束だったのに、気がついたら三年も四年もやっていたから、まあまあの量になってしまった。

と言っても、僕はダメ人間にありがちな飽きっぽい性格の持ち主だ。そのため、三年も四年も同じテーマで書き続けることができず、だいたい一年に一回ぐらい「もう飽きた」とかなんとか駄々をこね、連載はテーマとタイトルを三度も変えてしまった。

いちおう説明をしておくと、最初は「人生へろへろ」というタイトルで、これは介護施設で暮らすお年寄りたちの話を書いた。次が「はみだしルンルン」で、これはよくわからないことを書いている。そして最後が「どうにもニャン太郎」で、これは猫のことを書いたはずだ。

どうでもいいが、テーマもタイトルも思いつきのようなものばかりで、これには自分でもあきれている。

なにはともあれ、その三種類の連載が多少の加筆訂正を経て、まあだいたい発表順に並んでいるのかな、というのがこの本の正体である。なんだかいい加減な本に思われるかもしれないが、僕としてはいい、いい湯加減の本だと思われて欲しい。

挿絵を担当してくれたのは、モンドくんこと奥村門土くんである。モンドくんは僕の家の近所に住んでいる少年だ。ちなみにどれぐらい近所かと言うと、歩いて二分ぐらいの近所だ。つまり、東京で発行されている新聞の連載コーナーを、福岡の同じ町内に住む二人でやっていたということになる。これもまた変と言えば変な話なのだが、本当のことだからはじめに言っておきたい。

言っておきたいことはそれぐらいだ。あとは「お風呂のような本の世界」に肩までつかっていただけたらと思う。

目次

人生へろへろ

はみだしルンルン

どうにもニャン太郎

本書は、東京新聞で二〇一六年四月から一七年三月に連載の「人生へろへろ」、一七年四月から一八年九月に連載の「はみだしルンルン」、一八年一一月から二〇年四月に連載の「どうにもニャン太郎」に加筆、再構成したものです。

人生へろへろ

おっぱいは死なん！

「おっぱい死んだ！」

その突然の告白に笑わないでいることは不可能である。岩おこしのような顔をしたおばあさんが、自分の胸をまさぐりながらそう言ったのである。そしてちゃぶ台をべんべんたたきながら力強く歌い始めたのである。

「おっぱい死んだ、おっぱい死んだ、死んだ死んだ死んだ、おっぱい死んだ、おっぱい死んだ、もう死んだ」

もはやブルースと化しているその即興歌に、僕らは笑い転げるよりほかはない。するとどうだろう。川端康成のような顔をした別のおばあさんが立ち上がり、「やかましか！　おっぱいは死なん！」と激しい口調で歌をやめるよう叫んだのである。マイ・おっぱい・ノット・デッド。川端康成似のおばあさんは、ぺしゃんこの胸をまさぐりながら「私んとはここにちゃんと生きとる！」と一歩もゆずらない構えだ。

しかしお年寄りは、基本的に「マイ・ウェイ」である。それしきのことでくじけたりすることはない。新しいブルースがそこでまた生まれるのである。

「死ね死ねおっぱい、死ね死ねおっぱい、死ね死ね死ね死ね、死ね死ねおっぱい！」

福岡市城南区にある小さな老人ホーム「よりあいの森」では、毎日こうした「ぼけの世界」が展開されている。僕はその施設で働く職員でも何でもないが、なぜかそこに出入りしていて、『ヨレヨレ』という雑誌を作ったり、『へろへろ』という本を書いたりしていた。

どうか今日だけは、
たっぷりぼけた人でいてください

キヌエさんは八十歳を過ぎてなお、まるで少女のような人だった。世俗に染まってないというか、汚れてないというか、非常識というか、場合によっては不謹慎というか、それでいて「はじらい」成分のようなものも多量に放出していたから、少しぐらいわがままを言っても憎まれない。ピュアなところも多分にあって――たとえば介護職員を理不尽なまでに困らせているお年寄りなどがいると、どこからかほうきを持ってやってきて「なんでそげんひどいことするん!」と、半べそをかきながら戦おうとしたりするのであった。

そんな感じの人だったから「宅老所よりあい」の職員にも愛されていたように思う。キヌエさんは僕の義母で、そして結構ぼけていた。要介護度は4である。

その要介護度を再認定してもらう調査が二年に一度ある。調査員がやって来て、いろいろとテストをするのだ。

このテストには家族や職員も立ち会うことになっていた。僕らとしては要介護度4は絶対欲しいところである。なんなら5に上がってもいい。とにかく3に下がるのだけは勘弁だ。というのも、要介護度が下がれば、受けられる介護サービスがガラリと変わってしまうからだ。

「どうか今日だけは、たっぷりぼけた人でいてください」

それが家族の偽らざる声だった。

キヌエさんは大健闘した。

今の季節は?と問われれば、「いい季節になりました」とほほ笑み、年齢は?と問われれば、「歳《とし》のことは忘れることにしました」とはじらう。いいぞ。最高だ。僕らはそのたびに安堵した。

迎えた最後のテストは片足立ちだった。キヌエさんはノリノリでソファから立ち上がると、「はいーっ!」とポーズまで決めてみせた。それはゴルゴ松本さんのギャグ「命!」と同じポーズだった。

後日、キヌエさんは要介護度4と認定された。めでたしめでたしである。

美しい人生よ
かぎりない喜びよ

毎日毎日、若い男性職員が横に座って、なにかと親切にしてくれる。今まで誰もまともに聞いてくれなかった話だって「うん。うん」とちゃんと聞いてくれる。ときには「ちょっとドライブにでも行きませんか？」と誘われて、花の咲く公園で一緒に散歩する。

異性からそんなに親切にされたら、誰だって「ひょっとしてこの人、私に気があるのかしら？」と思うものだ。

僕の義母・キヌエさんもやっぱりそうだった。キヌエさんは当時、八十六歳だったが、ぼけているので自分を三十歳ぐらいだと思っていたし、二十代だと思っているときもあった。

もちろん「宅老所よりあい」の若い男性職員にしてみれば、一緒にお風呂に入るのも、寝床をそっとのぞきに行くのも、全部仕事だからやっているだけの話だ。「なんとかモノにしよう」などという下心はひとつもない。しかしキヌエさん側はそうは思わないわけである。美しい人生よ。かぎりない喜びよ。この胸のときめきをあなたに。松崎しげるの「愛のメモリー」的世界がキヌエさんの中ではすでに展開されていたのだ。

キヌエさんはいつのころからか「離婚届に判を押したい」と言うようになった。「うちのアレは毎日飲み歩いてばっかりで、私のことやらひとつもかまってくれん。どうせよそに女がおるとじゃろ」と、夫との関係をこの辺で清算したいと言い出した。

その夫というのは、つまり僕の義父であるのだが、とうの昔に亡くなっていた。その葬儀で喪主を務めたのは他でもない、キヌエさんだったわけだが、もうそんなメモリーはどうだっていいのである。

いろんなメモリーがあやふやになっているキヌエさんの中で、今一番大切なのは、美しい人生とかぎりない喜び、そしてあの若い男性職員との「愛のメモリー」なのだ。「この胸のときめきをあなたに」なのである。

薬を飲まずに、どんどんぼけよう

老いの入り口が僕にも見えてきた。頭は「ハゲ」てきたし、脂の多い肉が胃にもたれるようになってきた。ここでは書けない衰えもある。それは男にとって「とても悲しいある変化」のことだ。

髪の毛が少しずつ薄くなっていくように、あるいは歯が抜けていくように、歳をとっていくということは、何かを失っていくことなのだろう。いつまでも右肩上がりの成長はない。若さを維持しようにも限界はある。死ぬまで十八歳でいるためには十八歳で死ぬしかない——というのは、村上春樹さんの本に書いてあった言葉だ。

とにかく僕は、これからいろんなものを失いながら生きていくのだろう。その寂しさを引き受けていくこと。それが上手に老いていくコツなのかもしれない。だから僕は成長ではなく、成熟を目指そうと思う。多くの果実も、そうすることでしか実を甘くできない。

僕には「男の老い」のお手本がある。「宅老所よりあい」に集うお年寄りたちの姿だ。若い女性職員に聞いた話だと、おしりをさわられても嫌じゃないおじいさんと、さわられると嫌な感じがするおじいさんがいるらしい。その差は何かと聞くと「かわいげ」だという。

ある女性職員は、かつて「胸の谷間に顔をうずめられても、ぜんぜん許せるおじいさんがいた」と笑いながら語った。一緒に裸になって、お風呂にも入っていたそうだ。「できれば僕もそうしてもらいたい」とお願いしたら、「まるぼけになったら考えてあげてもいいですよ」ということだった。

僕の腹はそれで決まった。ぼけたら薬を飲まずに、どんどんぼけよう。途中、いろいろ混乱するかもしれないが、それは天国への階段だと考えよう。脳内トレーニングもしない。そんなことをしたら一緒に裸になってもらえない。

問題はただひとつ。ぼけた僕に「かわいげ」があるかどうかだ。

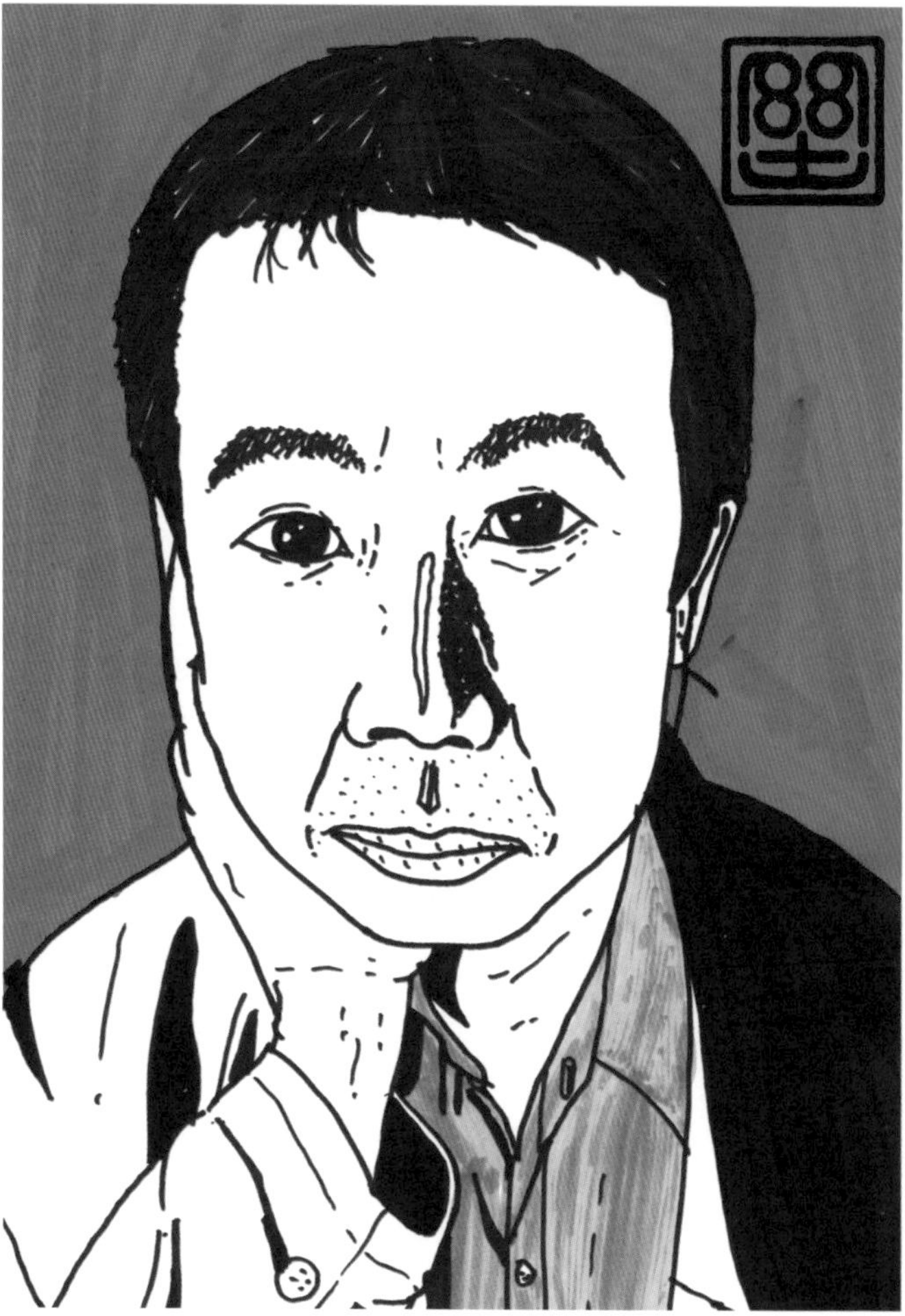

部屋中でうんこしてます!

一人暮らしのお年寄りを狙う悪いやつが増えている。ぼけていればなおのことで、カモにされること必至だ。義理の母のキヌエさんも、まんまとしてやられてしまった。

猫に家を乗っ取られたのだ。

僕らはヘルパーさんからの電話でそのことを知った。

「化け物みたいな野良猫が勝手に住みついてます！」

猫情報は毎日のように届いた。

「部屋中でうんこしてます！」

僕たち夫婦は、キヌエさんの家に急行した。玄関を開けると、鼻がノックアウトされるような独特の臭気が漂っている。野良猫はうんこだけでなく、おしっこもして回っていたのだ。僕らはハンカチで鼻を押さえながら部屋の窓をひとつ残らず開けて回った。ぼけたキヌエさんは、臭いにも鈍感になっているらしく、その悪臭の中で平気でご飯を食べていた。ダメだダメだ。二階の窓も開けなきゃダメだ。なんかもう吐きそうだと、階段に向かったそのときである。

「フシャーッ!」

僕を威嚇してきたイキモノは、とても奇妙な姿をしていた。全身ボサボサの長い毛で覆われている。黒と黄土色と赤茶のまだら模様だ。ライオンのたてがみのようなものもあって、しっぽはスカンクのように大きかった。

なんじゃお前は。もののけのたぐいか。するとそいつは、ずだだだだんと僕の脇をすり抜け、キヌエさんの横にちょこんと座った。憎々しげな目で僕らを見ている。

キヌエさんはその化け猫の頭をなでながらこう言った。

「こんなボロ猫でもね、わたしにとっては大事な家族。ね、ミーちゃん」

化け猫はすでに源氏名までもらっていた。ゴロゴロ言いながらキヌエさんに甘えている。この野郎、悪質なホステスみたいな態度で老人をたぶらかしやがって。しかし僕は見逃さなかった。猫のエサ皿には、ぼけたキヌエさんが与えたであろう「おはぎ」がのっていたのだ。

そしてミーは妊娠した

ぼけたお年寄りを甘い声でたぶらかし、家を乗っ取り始めた野良猫がいる——という話を前回書いた。まんまとはめられたお年寄りが僕の義母のキヌエさんで、はめた野良猫がミーである。

キヌエさんは無類の猫好きだった。ミーはそこにつけ込んだのである。なにも注意されないミーは、完全に調子に乗っていた。そこらじゅうでうんこやおしっこをしまくり、キヌエさんのためにヘルパーさんが用意してくれたごはんを横取りしたりしていた。

当時一人暮らしだったキヌエさんの動向はヘルパーさんの日報で知ることができた。「とうふを山ほど買っておられます」とか「お風呂に入ったふりをされます」とか、そういうことが書かれている日報である。その日報にいつのころからかミーに関する記述が増えるようになっていた。

最初は「野良猫の野郎がまた家に上がり込んでいたのでたたきだしてやりました」という感じだったのだが、ある日を境に「ミーちゃんはかわいいですね」になり、ついには「ミーちゃんにサーモンのお刺し身を食べさせました」という感じになって、最終的にはキヌエさんのことが一行も書かれていない日も出てくるようになった。

ミーはヘルパーさんまで手玉に取ったのである。

そしてミーは妊娠した。キヌエさんの家で子孫を増やすつもりらしい。僕ら家族は頭を抱えたが、ヘルパーさんはそんなミーを応援していた。「ミーちゃんのおなかがだいぶ大きくなりました。もうすぐ出産かな」と日報にあった。

ヘルパーさんから電話があったのはそんなある日のことで、ヘルパーさんは電話口でおんおん泣いていた。

「ミーちゃんがすごい声で鳴くから、わたしおなかをさすってあげたんです。そしたら四匹産んだんです。たった一人で本当にえらい！　感動しました！」

猫が五匹になってしまった。

アイ・ラブ・ユーを邪魔する権限は
誰にもないのである

歳をとると視覚も少しおかしくなるのだろうか。僕は野口五郎に間違えられたことがある。「あんた、野口五郎やろ？」と年配の女性に真顔で言われたのだ。断っておくが、僕は野口五郎に一ミリも似ていない。似ているところがあるとすれば、染色体の数ぐらいだ。

「見れば見るほど武田鉄矢に似とるね」と言われたこともある。断っておくが、僕は武田鉄矢に一ミリも似ていない。似ているところなんか探したくもないし、正直言ってショックだった。

僕の義母のキヌエさんは、もともと男の趣味が変わっていた。ぼけたらさらに磨きがかかったようで、「眼鏡をかけたロバ」に似ている男性介護職員の顔をうっとりと眺め、「かっこいい」と言っていた。キヌエさんは馬づらだったから、ロバづらは意外にアリだったのかもしれない。顔の長い人を、なぜか気に入る傾向にあった。

中でもナスづらのお医者さんには胸をときめかせていて、週に一度、そのお医者さんが診察に訪れると、キヌエさんは柱の陰でシナを作ったりして照れていた。馬はナスも食べるだろうから、ナスづらもアリだと言えばアリなのだろう。

ただ、僕らはひとつだけ内緒にしていることがあった。そのお医者さんは女性だったのである。キヌエさんはそのことにまるで気づいていなかった。

気づかないことが幸せであるのなら、僕らはそれでいいと思った。ロバだろうがナスだろうが、好きな人は好き。異性だろうが同性だろうが、恋心は恋心。純粋なアイ・ラブ・ユーを邪魔する権限は誰にもないのである。

なお、ロバづらの男性介護職員を見て「ジョニー・デップにそっくり!」と本気で言った年配の女性がいた。僕はその衝撃にひっくり返りそうになったが、ロバづらの男性介護職員は、その後、ジョニー・デップを意識した格好をするようになった。

身体能力が神《カミ》ってる

老人介護施設対抗・風船バレーボール大会が開催されるという。僕の義母・キヌエさんがお世話になっている「第二宅老所よりあい」も大会参加を表明したらしい。

「第二宅老所よりあい」をまとめる若きリーダー・スエヨシさんは、高校時代、女子バレー部でバリバリに活躍していた元選手だ。「ばっちこい！」とかなんとか言いながら、炎の回転レシーブを毎日毎日決めまくっていた人である。風船だろうがなんだろうが、それがバレーボールである限り、全身の血が騒いで燃えるのである。

スエヨシ監督の下、さっそく練習が始まった。とはいえ、普段はこれといったプログラムもないまま、日がな一日好き勝手にやっている老人たちである。「さあ、みなさん、優勝目指してがんばりましょう！」とか言ったところで、誰も耳など貸さないのである。

もちろん、中には「やりたい！」という前向きなお年寄りもいるにはいる。だが、その気持ちとは裏腹に、身体《からだ》が言うことを聞かないのである。手元が狂って、口を開けて眠っている隣のお年寄りの頭を思いっきりはたく人。手に饅頭《まんじゅう》を持っていたことをすっかり忘れ、「でやぁ！」と饅頭を投げつけてしまう人。その饅頭が顔に当たって怒る人。もう練習はシッチャカメッチャカである。

さて、試合当日である。お年寄りの気分は変わりやすい。練習でやる気を見せていたからといって、必ずしもその気になるとは限らない。この期に及んで「行かない」と言い出す人もいる。そんな中、ぼんやりついて行った補欠選手のキヌエさんが、北海道日本ハムファイターズ・大谷翔平クラスの大活躍を見せてしまったのである。スエヨシさんは言っていた。

「アタックの風船スピードがハンパない。身体能力が神《カミ》ってる……」

チームとしての結果は三位だった。しかし、優勝チームから選出されるはずのMVPに輝いたのは、キヌエさんだったのだ。

KAIDO
NHAM

恋。愛。もう……バカ……

巷《ちまた》には「おばさんほどズーズーしい生き物はこの世にいない」という人があるが、これは間違いである。おばさんの中にとてもズーズーしい人がいるだけの話で、おばさん全員がズーズーしいわけではない。また「うちの女房はあんなズーズーしい女じゃなかった」と嘆く旦那も大勢いるが、それも間違いである。あなたの女房は、もともとズーズーしかったのである。ただ、あんまりズーズーしいのは世間体が悪いし、若いころはそれなりに「はじらい」もあったから、その部分にメッキをかけ、封印していただけの話である。

ぼけるとその辺のことが完全にハッキリしてくる。本性が丸出しのスッポンポン状態になって、誰の目にもバレバレになるのだ。

僕の義母のキヌエさんも、本性が丸出しになったクチだ。「はじらい」を捨て、スッポンポン状態になったキヌエさんは、「はじらい感度・超抜群の乙女」になってしまった。柱の陰からそっとこちらの様子をうかがい、目が合うとはじらいながら隠れてモジモジする。好きな食べ物が出ると、目をキラキラさせながら胸の前で手を組み、クニャクニャするばかりで食べようとしない。ぼけが深まるにつれ、なにかとモジモジ、クニャクニャを繰り返すようになり、その乙女性は純度を増していった。それは全盛期の松田聖子どころの騒ぎではなかった。キヌエさんは真性の「ぶりっこ」だったのだ。

介護施設のみんなで、日本庭園に出かけた日のことである。立派な池には立派な錦鯉《にしきごい》がたくさん泳いでいて、エサをやることができた。キヌエさんはモジモジしながらエサをつかむと、何を思ったか「こい〜」「あい〜」と叫びながら大量にそれをまき始めた。池じゅうの錦鯉が群がってきて、庭園はもう大パニックである。その様子を見たキヌエさんは、手で顔を覆うと、「恋。愛。もう……バカ……」とつぶやき、クニャクニャを始めた。困った人である。

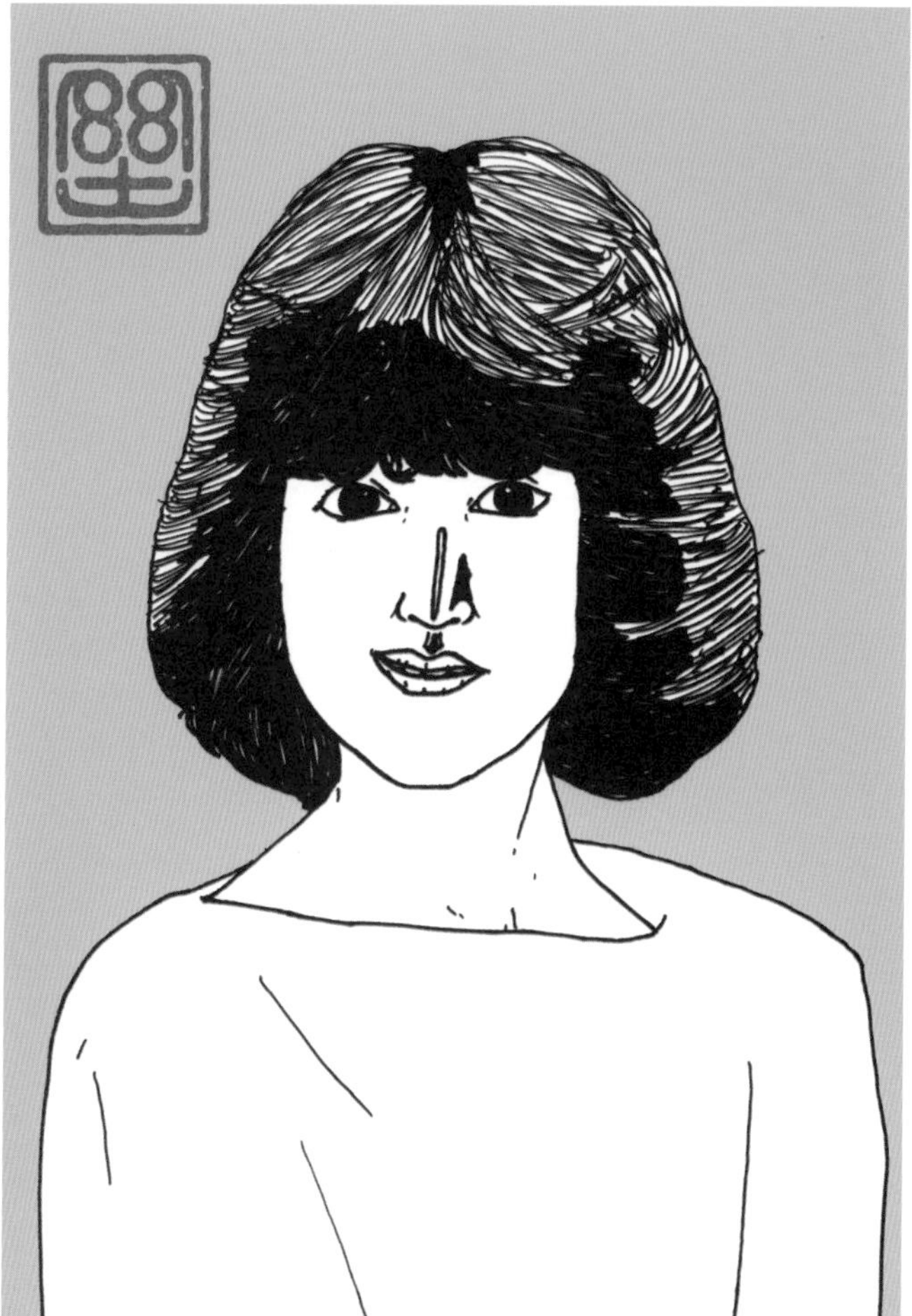

昼間っから
なんちゅうことばしよんやろかっ！

お年寄りは大相撲中継をよく見ている。見方も人それぞれで、静かに見入る人がいる一方で、声を上げて応援しないではいられない人、あるいは張り手の応酬についついい興奮し、隣のお年寄りの頭をはたいてしまう人などがいる。

「なんばすっとか！」

「あら、すんまっしぇん！」

なかなかにぎやかだ。

そんな中、まったく別の観点で相撲を観戦していたのが、今は亡きノブさんというおばあさんであった。

「んまぁ、いやらしかっ。男と男が裸になって、汗ば垂らして、乳繰《ちちく》りおうて、昼間っからなんちゅうことばしよんやろかっ！」

ぶうぶう文句を垂れているようで、ノブさんはテレビを消せとは絶対言わない。稀勢の里のようなあんこ型の力士が出てくれば、その乳の揺れ具合などをじっくり観察し、取組後の髷《まげ》の乱れなどもちゃんと見て、鼻息を桃色にしていたのだ。

誰がどう考えても、ノブさんはエロチックな目で相撲を見ていたわけだが、介護施設の職員が誰もそのことに突っ込みを入れなかったのには、次のような理由が存在している。

ひとつ。ノブさんはぼけていたから。ふたつ。若いころに旦那さんに先立たれ、長いこと独り身で過ごしてきたから。みっつ。たとえそれがどんなことであれ、ノブさんがいきいきとしていれば、それでいいじゃないかという考えがあったから。

「いいやん別に。誰に迷惑かけとるわけやないし、そっとしといてあげるのが一番やろ?」

ぼけることで「たががはずれていく」ということは、ある一面においては、どんどん自由になっていくということでもある。ただでさえ「たががはずれている僕」は、そういうふうに思ってくれる人がこの世にいるというだけで、なんだか安心してしまうのだ。

ご覧ください。全部ご自分の歯です

「三人じゃったかね？」

義母のキヌエさんが、自分の産んだ子どもの数をたずねている。

「二人よ」と妻が答えた。キヌエさんは「ほぉぉぉ」と驚きの声を上げてのけぞっている。

「じゃあもう一人おった女は、今どうしよるん？　死んだ？」

死んではいない。ちゃんと生きている。それにもう一人いる子どもは女じゃなくて男だ。

そのことを妻が話すと、キヌエさんは「初めて知った」と言った。「今までずっと知らんじゃった」とも言った。そして急に笑いだして「もう死んだんじゃろね、その子は」とまた言った。

キヌエさんはぼけが深まるにつれ、自分が産んだ子どものことも忘れるようになっていった。けれど、どういうわけか、自分が生まれ育った「山奥の家」のことは一度も忘れなかった。もう七十年近く前に引き払ったはずのその家に、キヌエさんは「帰りたい、帰りたい」と言ってよく泣いた。

二〇一四年の十二月八日にキヌエさんは亡くなった（ジョン・レノンと同じ命日だ）。あとひと月半ほどで米寿のお祝いをする予定だったが、恥ずかしがり屋のキヌエさんは、それをさせてくれないまま旅立ってしまった。

火葬場でのことである。焼き上がって骨になったキヌエさんを見て、係員の人が感心していた。

「こんなお年寄りの方はなかなかいらっしゃいませんよ。ご覧ください。全部ご自分の歯です」

キヌエさんの兄であるマサカズさんが笑いながら言った。

「キヌエはニボシをようかじりよったからな。それでじゃろ」

幼少期に両親を亡くしたキヌエさんは、山奥の家で四人の兄に育てられた。末っ子のキヌエさんは畑に働きに出ている兄たちの帰りを一人で待ち、おなかがすくとニボシをかじって寂しさに耐えていたという。キヌエさんの丈夫な歯は、その「山奥の家」が見える丘に埋葬されている。

はみだしルンルン

どうしてもはみだしてしまうのなら、
「はみだしもの」として
生きていくしかなかろう

普通に暮らしているだけなのに、はみだしてしまう人がいる。

心配なさるな。

僕もその方面に属する人間だ。

僕がそのことに気づいたのは、ずいぶんのちになってからのことで、だいたい三十五歳ぐらいのときだった。ふざけるな、いいかげんにしろ、まじめにやれ、にやにやするな、といったお叱りをあまりにも受けるものだから、「別にふざけてもいないし、にやにやもしてないのになあ」と、お便所などに入った際に、ぼんやりさびしい気持ちになったりしていた。

自分はなにか根本的に間違っているのだろうか。間違っているとしたら、なにがどう間違っているのだろうか。

まったくわからなかった。まったくわからないままおしっこを済ませて、まったくわからないまま仕事をして、そういうことを続けていたら、四十歳ぐらいの時に仕事が来なくなった。僕は「フリーの編集者」という「どこの馬の骨でもできる仕事」をしているのだが、仕事が来なくなって以降、妻の稼ぎで食べていく

「立派なひも」になっていった。もうすぐ五十二歳だから、そういう生活を十二年も続けていることになる。

それでいいのかと言われれば、よくない気がする。悔しくないのかと言われれば、悔しい気もする。けれど、僕は自分のやってきたことについては「ただのひとつも手を抜かずにやってきた」と思っているし、「間違っていた」とも思っていない。間違っていなかったからこそ、こうして新聞連載の原稿を書いているような気もする。

はみださずに生きていけるのなら、それに越したことはない。けれど、どうしてもはみだしてしまうのなら、「はみだしもの」として生きていくしかなかろうと思う。そしてそういう「はみだしもの」でも、ルンルン生きていいいと思う。

僕はそういう話を、ここで書いていこうと思っている

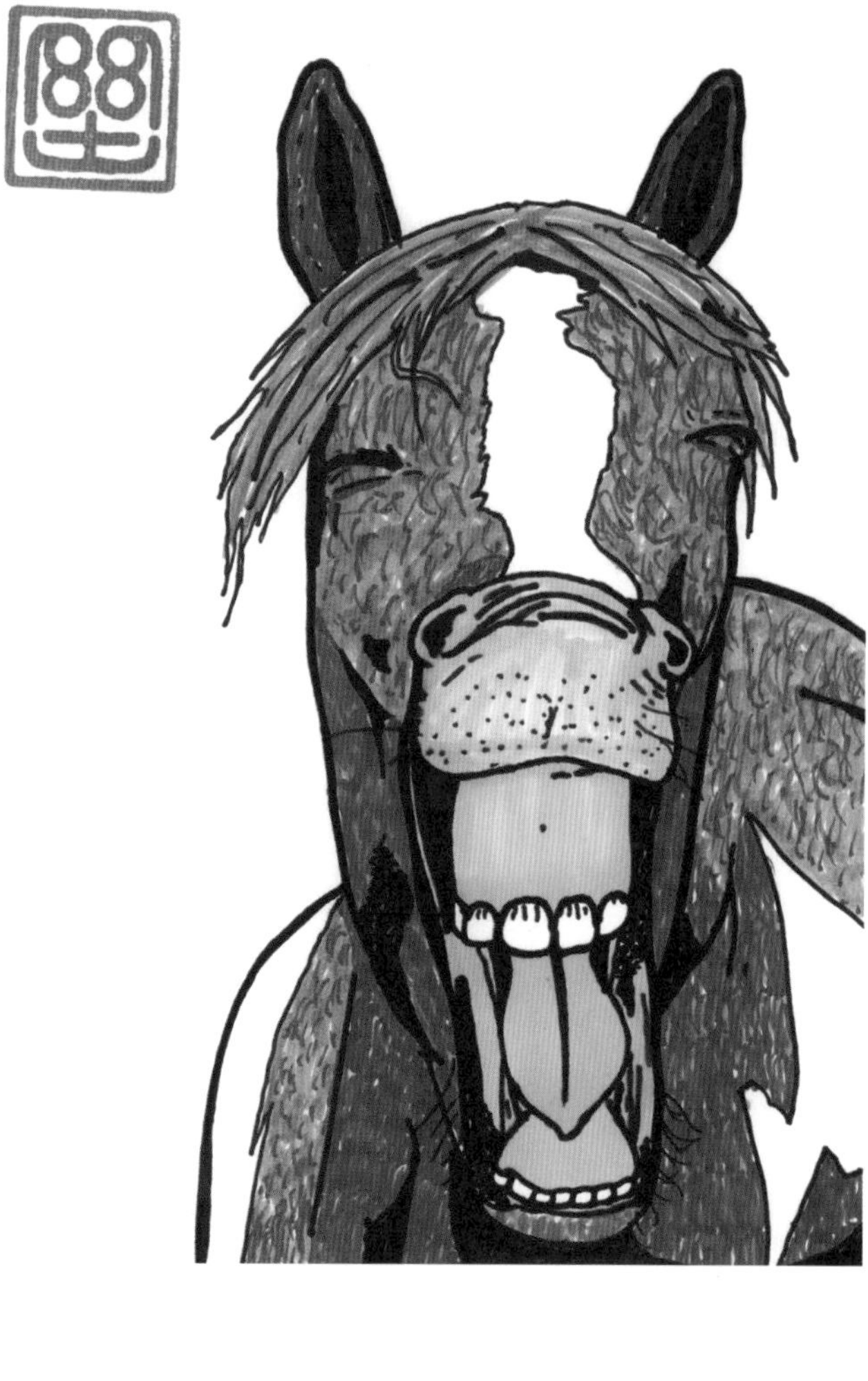

死のうと思っている人間って、
ずいぶんおかしなことを考えるものだな

はみだしルンルン状態で生活していると、「おまえは楽しそうでいいな」と言われることがある。なあに、気にすることはない。「そうだよ。毎日楽しいよ」と明るく答えていればそれでいいのだ。

もちろん、毎日毎日楽しいことばかりではない。人並みに嫌なこともあるし、きつい思いをすることだってある。孤独を感じてしまうことも多いし、泣きたいことだってたくさんある。でもそんな僕が「楽しそうに見える」ということは、けして悪いことではないだろう。少なくとも「つまらなそうに見える」よりはマシなはずだ。

はみだしルンルン状態になって思うことは「物事を見る視点が少し変わった」ということだ。

きっかけは孤立だった。孤立した状態が五年ほど続いて、僕はほとほと死にたくなってしまった。今から十年ほど前の話だ。

死にたくなった僕は、どうやったら楽に死ねるかばかりを考える人間になっていた。毒物を飲んで死ぬのは苦しそうだ。それに即死できる毒物をどこで買えばいいのかがわからない。飛び降りは誰かを巻き添えにするかもしれないからだめだ。何より僕は強度の高所恐怖症なのだ。「やっぱり首つりかな」という結論になった。

次はどこで首をつろうか、という話になる。借家で首をつると、次に住む人が気持ち悪かろうと思った。最寄りの公園でつることも考えたが、少年たちがよく野球をしている公園だったのでよそうと思った。山の中でつればいいかなと思ったが、見つからないままというのも困るので、どのへんがいいかなと考えた。夏だったので、かぶと虫が捕れるところがいいかなと思った。

そのとき、ふと「死のうと思っている人間って、ずいぶんおかしなことを考えるものだな」と、自分を笑ってしまったのだ。

今思えば、それが「はみだしルンルン」への第一歩だったような気がする。僕はそのとき、自分を引いてみる視点を獲得したのだ。

幽体離脱・しげるくん

あなた、もしかして「はみだしモンモン」していませんか？

「はみだしもの」には、オロオロ期、シクシク期、モンモン期などと呼ばれる時期があって、それを越えたところに「ルンルン期が待っている」と考えられています。そして、そのルンルン期を迎えるためには、少しバカにならなければいけないと言われています。

バカになるのは恥ずかしい。バカにはなりたくない。そういう方もいらっしゃるとは思いますが、バカになるのをがまんして、身体やこころをこわすぐらいなら、一日も早くバカになって、ルンルン期に移行した方がいい、というのが僕の経験に基づいた考えです。

なお、「バカになること」をバカにしている方も多いかと思いますが、それは思い違いというものです。一度賢くなった人間が、その賢さの一部を捨ててバカになる。それは案外難しく、なかなかバカにできない荒行なのです。

僕は専用アプリの脳内インストールで、ルンルン期に近づくことができました。おかげでいろんなところが、かなりバカです。

インストールした専用アプリは「幽体離脱・しげるくん」といいます。その名の通り、幽体離脱型のアプリで、起動させると「グーグルアース」並みにグーンと視点を引くことができます。「しげるくん」とは、漫画家の水木しげるさんに由来した名前で「いつかは水木さんみたいに、自分を完全に客観化して眺められるように」という願いがこめられています。

オロオロ、シクシク、モンモンは、視点というカメラの位置が自分に近すぎて起きる現象です。こころの中を顕微鏡でネチネチのぞいてしまうと、オロオロはシクシクになり、そしてモンモンになります。そういう状態になっている時こそ「幽体離脱・しげるくん」の出番です。このアプリを起動させて、そんな自分をグーンと引いた宇宙から眺めてみてください。別な景色が見えると思います。

バカがうつるから嫌です

高校二年生の時に「将来希望する職業」というアンケート用紙が教室で配られた。「三つ書いて提出せよ」と書かれていたので、僕は「仙人、ロックンローラー、正義の使者」と書いて提出をした。

すると「すぐに進路指導室に来るように」とのお達しがあり、僕は大変なお説教をくらうことになった。ふまじめだと言うのである。「こんなことを書いて提出しているのはお前だけだ！」と先生は怒った。もう少し将来についてまじめに考えろ。情けない。第一、仙人とか正義の使者は職業ではない。先生はそう言って、新しいアンケート用紙を僕に手渡した。書き直せと言うのである。

そんなことを言われても、当時の僕にはやりたい仕事などひとつもなかった。進学校に通っていたが、勉強はまったくしないし、授業も全然聞いていなかったから、成績はクラスで一番下だった。僕はそのころから、少しはみだしていたのかもしれない。

「鹿子の隣の席はバカがうつるから嫌です」と席替えの際に異議申し立てをされるような生徒だった。先生もすんなりそれを聞き入れていたから、相当ヤバかったのだろう。

毎日レコードを八時間聴いていたのがよくなかったのかもしれない。ローリングストーンズをよく聴いていた。アンケート用紙に「ロックンローラー」と書いたのは、ミック・ジャガーにあこがれていたからだ。あんなふうに歌えたら素敵だな、毎日楽しそうでいいな、職業として最高だなと思ったから「希望」として出したまでで、アンケートの答えとしてはひとつも間違っていない。

新しいアンケート用紙には、ロックンローラー、ロックンローラー、ロックンローラーと書いて提出した。それで何も言われなかったのは、完全に見放されたからだろう。

僕は残念ながらロックンローラーにはなれなかったが、その後、ロック雑誌の編集者になった。そして今では仙人のような暮らしをしている。

はみだしてからが勝負

はみだしたら終わり。

同調圧力が暗にほのめかしているのは、きっとそういうことなんだろうと「はみだしもの」の僕は思う。

でも本当にそうだろうか？　本当に終わりなのだろうか？

僕は「はみだしてからが勝負」だと思っている。どの辺がどんなふうにはみだしているのか、それをよく観察すれば、自分の姿かたちが見えやすくなるし、同調圧力をほのめかす側の言い分や考え方もよく見えるようになる。

アメリカン・ニューシネマの傑作『イージー・ライダー』は、その辺のことがよくわかる映画のひとつだ。劇の終盤に差しかかるあたりだったと思う。たき火を囲みながら、飲んだくれの弁護士を演じるジャック・ニコルソンは、旅するヒッピーを演じるピーター・フォンダとデニス・ホッパーにこんな意味のことを話し始める。

「君たちが象徴しているものは『自由』そのものだ。ただね、君らの考える『自由』と、世の中の人が考える『自由』は違うんだよ。彼らが口にする『自由』

は、あくまでも自分たちが理解できる範疇《はんちゅう》の『自由』さ。それを超えてしまった『自由』を見せられると、彼らは怖くて仕方なくなるんだ。そしたらどうなると思う？　よき隣人だったはずの彼らは途端に凶暴な人間になって、その『自由』を封じ込めに来るのさ」

そんな話をして眠りについた夜、ジャック・ニコルソンは「自由の国・アメリカ」の住人たちにあっけなく撲殺されてしまう。ピーター・フォンダとデニス・ホッパーの目の前で。自分たちの敵・ヒッピーの肩を持ったという理由で。

勘の鋭いはみだしものの皆さんなら、僕が何を言いたいのかきっとわかってもらえることだろう。それと大変似たことが、今、世界中で、そして身近なところで次々に起きているような気がする。

はみだしものなら、こんなときこそ頭をうまく使うのだ。

やばいよ、やばいよ、ガチでやばいよ！

仕事がうまくいかなすぎて、一年のうちの大半を「やばいよ、やばいよ、ガチでやばいよ！」とあたふたしながら過ごしている。もう何がやばいのかさえ正直わからなくなってきているわけだが、とにかく毎日十時間以上は机にかじりついて「ああでもない、こうでもない」と原稿を書き進めている。

それだけ座ってやっているにもかかわらず、結局一行も進まなかったという日がたびたびある。そういう日はさすがにつらい。枕に顔をうずめてシクシク泣きたくなる。

僕は基本的に「嫌になったらすぐやめる」タイプの人間だ。学校は一回、会社は三回やめている。最後に会社をやめたときは「ああ、もうやってられるか！」と本気で思った翌日に辞表を出した。

辞表を出したらすっとした。引き継ぎや残務整理があったので、退職するまで一カ月ほど会社に通う必要があったが、その一カ月はルンルンだった。生き返ったような気分で毎日を過ごしていた。次に何をやるのかはまったく決まっていなかったし、多少の不安はあったけど、嫌なことを続けるストレスに比べればどうってことなかった。そうして僕は、明るく楽しくはつらつとしながら学校や会社をやめてきた。今でもまったく後悔していない。

嫌で嫌で仕方ないものは、どんなことでも早めにやめた方がいいと思う。そういう気持ちになる場所にいるのなら、すぐにでもそこを去った方がいいと思う。すっきり楽になるからだ。ただ、「つらいけど完全に嫌じゃないこと」はすぐにやめない方がいいと思う。それは少し様子を見て、続けてみた方がいい場合もある。続けてみて「やっぱり嫌だ」と本気で思ったときに、それはやめればいい。

僕は今年、夏休みが一日もなかった。「やばいよ、やばいよ、ガチでやばいよ！」の出川哲朗さん状態はこれからも続くことだろう。つらくてきつい毎日だが、まだ完全に嫌じゃないからやめない。

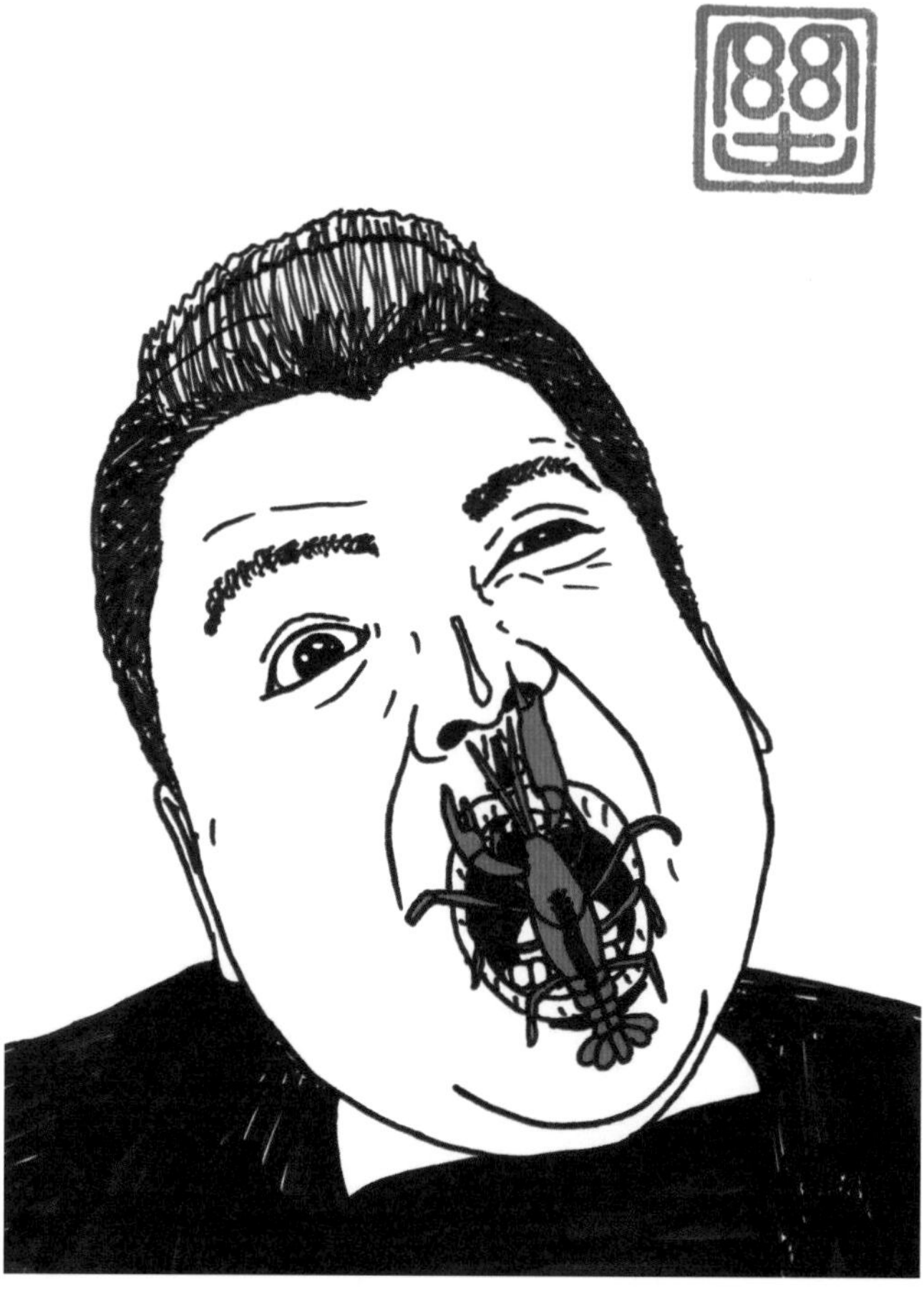

大きい猫がいると思えば腹も立たない！

僕は俗に言う「ひも」のような暮らしをいまだに続けている。仕事はたくさんしているつもりだけれど、なんだか僕の仕事はお金にならないみたいで、スマホ代とか年金とか払っているうちに、家に入れられるお金が一円もなくなってしまう。そのため、必然的に生活費全般を「妻の稼ぎでまかなう」ということになりがちだ。そういう話を詩人の谷川俊太郎さんにしたら、谷川さんは僕にこんなことを言った。

「えらい！　女房に食わせてもらえるなんて男の夢じゃないか！　それは誰にだってできることじゃない！　そうだろう？　だからきみは胸を張って堂々としていればいいんだよ！」

生活に関する話を詩人に相談した僕がバカだったのかもしれない。さすがの僕も、そのときはそんなふうに思った。けれど谷川さんの言葉は不思議と僕の胸に残っていて、ことあるごとによみがえってきては（だいたい月末ぐらいが多い）、いじけそうになる心を少しだけあたためてくれるのだ。

そういう言葉が僕にはいくつかあって、義理の母から二十二年前に言われた言葉も忘れがたい。

「お酒を飲まないのだけがありがたい！」

妻の実家に結婚したい旨を伝えに行った日のことである。僕は当時無職で稼ぎがゼロだった。自分でもそういう状態で結婚するのはどうかと思っていたのだが、世の中なにが起きるかわからない。僕はお酒が飲めないというだけで誉《ほ》められ、太鼓判を押されたのだ。

その際に妻が発した言葉も結構すごかった。

「大きい猫がいると思えば腹も立たない！　なんとかなる！」

神様や仏様の言葉よりも僕を救ってくれたのは、どこかタガがはずれたようなそんな言葉だったように思う。

先日も妻からこう言われた。

「まあ、お金のことはともかくとして、一緒にいておもしろいというのが一番いいよ！」

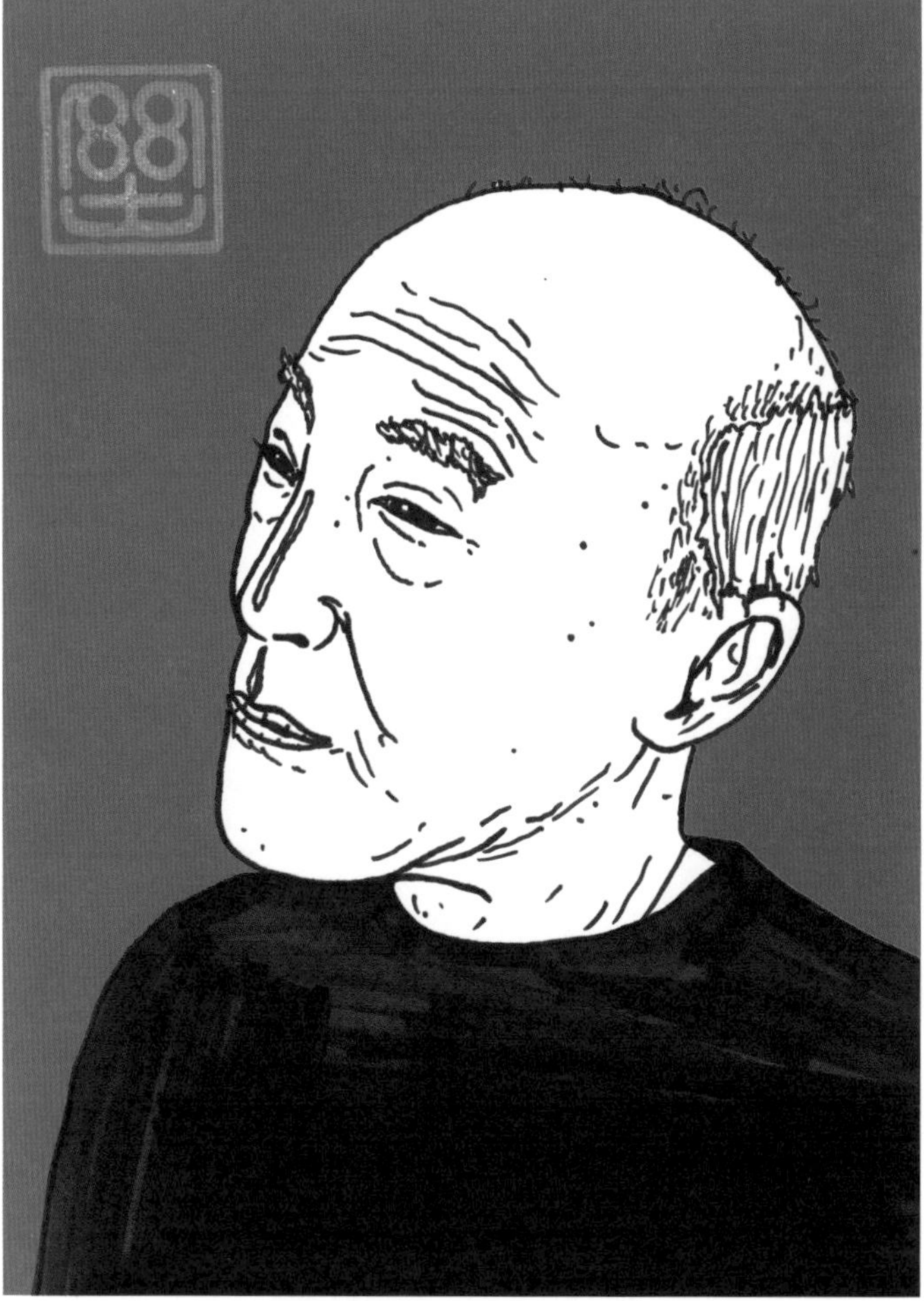

ルンルンは遠きにありて思うもの

またしても年末である。「今年こそ、今年こそ」と思ってやってきた一年だったが、結局のところ何事もなさないまま、紅白歌合戦を観ることになりそうだ。

こんなことになろうとは、去年の今ごろは夢にも思っていなかった。

書き下ろしの本を上梓《じょうし》し、印税をもらい、そのお金で家族を温泉に連れて行く。あるいは少し楽をさせてあげる。それが二〇一七年の予定だったし、最重要ミッションでもあったのだが、どれもインポッシブルのまま終了だ。三カ月で脱稿するつもりで始めた単行本の原稿は、書き始めてから二年たった今もまだ完成していないし、その見込みも今のところまだない。

まるでサグラダ・ファミリアの建設現場のように、相変わらず足場は組まれたままで、第三者から見れば「あのぉ、これ本当に進んでるんですかね?」と言いたくなるようなありさまだ。

まったく「ルンルンは遠きにありて思うもの」である。

結果、僕の今年がどういうことになったかと言えば、通算五度目の借金を妻に申し込むハメになってしまった。その額、三十万円である。

本さえ出していれば、こんな借金はしなくても済んだ。でも「ないものはない」のだから仕方ない。あとは自分を『借りぐらしのアリエッティ』だと思うようにして、必要以上に暗くならないよう努めるだけだ。

いや、僕はまだマシかもしれないとさえ実は思っているのだ。

アリエッティみたいに黙ってこそこそ借りたわけでもないし、借りたまま返さないような真似《まね》もしない。どこかよそに逃げたりもしなければ、ちゃんと返す気満々だ。少なくともその点だけは立派で、胸を張ってもいいのかもしれない。

才能が足りないと思うなら努力しろ努力！

光陰矢のごとしである。

少年老い易《やす》く学成り難しである。

ぼやぼやしてたら私は誰かのいいこになっちゃうよである。

「新年あけましておめでとうございます」ではあるのだが、あんまりおめでたい気持ちでいると、今年も事をし損じて、「リンダ困っちゃう」ということになりかねない。

個人的なことを言えば、僕のおととしは「リンダ困っちゃう」の一年だった。昨年も「リンダ困っちゃう」の一年だった。だから今年まで「リンダ困っちゃう」の一年になってしまうと、「リンダ困っちゃう。リンダ困っちゃう。リンダ困っちゃう」ということになって、これは山本リンダさんの声で読むとちょっとおもしろい感じになるのだが、人としてどうなのか、という疑問も当然出てくるわけである。

新しい年を迎えるに当たり、妻から言われた言葉がしみじみと身にしみる。

「一家を背負う者としての自覚をもって、もう少しシャンと仕事してください」

僕は原稿を書くのが遅い。しかも年々遅くなっていて、本当におもしろい原稿をお目にかけようとすると、膨大な時間がかかるようになってきた。ノーベル文学賞を受賞されたカズオ・イシグロさんも、膨大な時間をかけて作品を仕上げる作家として知られているが、「イシグロさん、なんだか僕たち似たもの同士ですね！」とは口が裂けても言えない。なぜなら、僕の遅筆の原因は、単純に才能が足りてないだけだからである。

昨年亡くなられた純音楽家の遠藤賢司さんは「努力を続けることこそが才能だと思っている」と常々おっしゃっていた。遠藤賢司さんが亡くなったとき、僕は泣いた。自分にとってとても大事な人だったから泣いた。でも遠藤賢司さんの声は、亡くなった今でもずっと聞こえている。

「才能が足りないと思うなら努力しろ努力！」

がんばろうと思っている。

デクノボーというのは、
なってみると案外楽チン

自分、自分、自分。自分を大事に思うのは悪いことではないが、自分、自分、自分になってしまうと、人としてのバランスがおかしくなるのも確かなようだ。

自分を勘定に入れすぎると、人はどうしても「損得」で動くようになる。この「損得」というものは、実にやっかいなシロモノで、それがブイブイ幅をきかせ始めると、「正しい・正しくない」は後回しにされ、因習や長いものにどんどん巻かれるようになっていく。

それを「しょうがないじゃん」のひと言でごまかすことに慣れてしまうと、あとはもう損得勘定一直線で、「それが世の中というものだ」とか、「それが大人になるということだ」とか、いろいろ理由をつけて罪悪感のもみ消しに走り出す。それは「みんなやってることでしょ?」という居直りにすぎないのだが、そう見られるとなんだか世間体が悪いもんだから、世の中とか大人とか、もっともらしい「大義的なもの」を持ち出して、自分のずるさや醜さを正当化するようになってしまうのだ。

不寛容の問題も、この辺に端を発していると僕は思っていて、自分の損得勘定ばかりが優先されるから、やれ子どもはうるさいだの、妊婦は電車に乗るなだの、そういう話になるのだと思う。

「アラユルコトヲ／ジブンヲカンジョウニ入レズニ／ヨクミキキシワカリ／ソシテワスレズ」

ご存じ「雨ニモマケズ」の一節である。宮沢賢治も相当な「はみだしもの」だったそうだが、残された作品は利己主義から遠く離れた場所で今もキラキラしている。

「ミンナニデクノボートヨバレ／ホメラレモセズ／クニモサレズ／サウイフモノニ／ワタシハナリタイ」

デクノボーと呼ばれても平気な僕は、ほめられもしなければ、苦にもされない。別にそういうものになりたかったわけではないけれど、デクノボーというのは、なってみると案外楽チンで心地いい。

僕はこう見えてツクシ採りの名人なのだ

今年に入ってからというもの、まだ一度もヒゲを剃《そ》っていない。もうかれこれ二カ月以上、伸ばしっぱなしである。今では顔の下半分ぐらいがヒゲに覆われていて、その半分以上が白髪だ。長い部分では五センチほどになっている。

「どうしたんですか！」と、会う人会う人みんなに言われる。

自分では仲代達矢的な重厚さを狙っていたつもりなのだが、人間としての深みに欠けるせいか、あるいは何かが根本的に間違っているのか、僕のヒゲには事件性が漂っているらしい。やれ「江戸時代の囚人」だの「世捨て人」だの言われて、評判はすこぶる悪い。

パジャマと部屋着の線引きもどんどん曖昧になってきた。ついには外出着との境界線まで曖昧になってきて、僕の衣服は「パジャマ兼部屋着兼外出着」というオールマイティーな布地になりつつある。

今着ているスエット地の上下は、もういつから着替えてないのか自分でもわからない。少なくとも、平昌《ピョンチャン》オリンピックが始まる前からずっとこの格好で寝起きして外出までしている。聞くところによると「ペットが着ている洋服だって、もう少しマメに洗濯する」そうだ。

そんな身なりで街をうろついていると「ちょっといいかな?」と警察官にナンパをされることになる。「なにしてるの?」とか「名前は?」とか、たいそう興味を持ってくれるので、「お茶にでも誘ってくれるのかな」と毎度思うのだが、たいていは手荷物のチェックを受けるだけで、「最近不審者が多くなってるから、気をつけて帰ってね」と逃げられてしまう。人の荷物は財布の中までチェックするくせに、ピストルのチェックは絶対にさせてくれない。国家権力は不公平だなと思う。

窓を開けると、春の気配がしてきた。そろそろツクシが出てくる時期なので、僕はルンルンしている。警察官にはどう見えているのか知らないが、僕はこう見えてツクシ採りの名人なのだ。

シビレっぱなし

僕が書いた『へろへろ』という本を読んだSさんという女性から、ふた月に一度、お金が送られてくるようになった。

最初に送られてきたときは、さすがに僕もびっくりした。真っ白い封筒からいきなり三千円が出てきたからだ。

封筒には、今にも壊れそうな字でつづられた手紙も同封されていた。その手紙を読んで僕はさらにびっくりした。

「目が見えないので、字が汚くてすみません」

そう書かれてあったのだ。

手紙には僕の本を知ったいきさつや、それを音声図書で読んだこと、そして本の感想などが書いてあった。これまた真っ白い便せんに三枚。ところどころ蛇行しながら書かれた手紙は、こんなふうに締めくくられていた。

「私は二カ月に一度、障害者年金をもらっています。今月は少し余裕があるので、よかったら同封したお金を『宅老所よりあい』の借金返済に使ってもらえませんか？」

シビレてしまった。「宅老所よりあい」は、福岡市にある「日本一貧乏」を自称する老人介護施設だ。その貧乏な施設が、「ぼけても普通に暮らせる老人ホーム」を作るべく、億単位の資金集めに挑戦する。そこで起きたドタバタを描いた本が『へろへろ』である。Sさんは何かを感じてくれたのだろう。いろいろ考えた末に、お金は寄付としていただくことにした。それからというもの、Sさんは二カ月に一度、三千円を送ってくれている。

先日、僕はお礼の手紙と郷土のお菓子をSさんに送った。「めんべい」という明太子《めんたいこ》の練り込まれた薄焼きせんべいだ。そんなに値段の張るものではない。とてもささやかなお礼である。

礼状はすぐに来た。やはり「字が汚くてすみません」という出だしから始まるSさんの手紙には、「鹿子さんはお金がないのだから、もうお菓子は送らないでいいです」と書かれてあった。

Sさんにはシビレっぱなしだ。

雑誌『ヨレヨレ』と
「宅老所よりあい」
の人々
へろへろ
鹿子裕文

捨て猫予備軍・ドラフト一位指名濃厚

なぜだろう。僕に「住むところがなくなったら、この敷地内にブルーシートで家を作ればいい」とか、「寝袋なら貸してあげるから、うちの玄関先で寝ればいい」とか、わけのわからない提案を持ちかけてくる人がいる。

ごはんはくれるそうだ。約束するとまで言われた。信じていいのだろうか。捨て猫が拾われていくときに感じるだろう気分を、僕はまだ捨てられてもいないうちから味わっている。

まあ、そういう提案を今からされてしまうぐらい、僕の先行きは「本人が思っている以上に不透明」なのだろう。捨て猫予備軍・ドラフト一位指名濃厚。ある意味、期待はされている。

お金がないと不安だと思う人がいる一方で、お金がなくても平気だよという人がいる。

平気だよ派によれば、「お金は余ってないかもしれないが、物は意外に余っている。ぜいたくを言わなければ、物はけっこうもらえるもんだよ」というのである。なるほど、そうかもしれないと僕は思う。「わたし、車も二台もらったよ。

とても便利だよ」という話を聞くにいたっては、この人いろいろすげえなと感心もする。

もし社会から「いらない人間」みたいにして捨てられたら、人が「いらない」と放出した物に囲まれて生きていけばいいのかもしれない。俺もお前も似たもの同士。そう思えば、物に対する愛着もわくし、「わたし、すべてもらいもので生きてます！」と胸を張ってルンルンしていれば、そのうち自分を捨てた社会から「その極意を本にしませんか？」という話がくるに違いない。

と、そんなことを夢想している時点で、捨て猫予備軍・ドラフト一位指名濃厚になるわけだが、きびしい世の中になればなるほど、人の情けというものの価値は上がっていくわけで、そうした価値あるものの存在を今から肌身で感じている僕は、ある意味、幸せ者なのかもしれない。

ドラフト1位！

誰かに気を配るのに疲れたなら、
新聞を配りませんか!

会社勤めを辞めて、はや二十年。以来、僕は一切組織に属することなく、ずっと個人でやってきた。それなりに大変なこともたくさんあったが、嫌な上司や同僚もいないし、うるさい電話を取り次ぐ面倒もないし、何より毎朝会社に行く必要がない。僕はやっかいなストレスから解放され、今やルンルンである。それだけでも僕の「働き方改革」は大成功だったと言えるかもしれない。

世の「はみだしもの」の多くがそうであるように、僕は「長いものに巻かれる」ことに嫌悪感がある。「寄らば大樹の陰」という考え方にもなじめない。「和を尊ぶ」ことに異論はないが、そのために「協調」という名の「終わりなき忍従」を幾度となく強いられてしまうと、その組織に対して途端に用心深くなる。安定を担保に取られて、いいようにされている感じがしてくるのだ。僕は長いものの正体を、しっぽから順番にたどって頭までさかのぼり、その顔がどんな顔をしているのか見てみたくなる。大樹がどんな花を咲かせたいのか、その花の色や形を検分してみたくもなる。

そういう性分だから「長いものにすぐ巻かれる人」を見るとさびしくなる。

「大樹の陰でふんぞり返っている人」を見ると腹が立ってくる。組織というものに毒されて、組織の犠牲になる人は少なくない。良心を手放し、命を失う人だっている。そういう人がたくさんいるような組織は、腐った組織なのだから、そういうものに巻かれたり、その陰に寄りかかったりしていると、いずれは自分も腐って不幸になる。みなさんご存じの通り、組織が必死になって守ろうとするのは、いつだってそのトップ周りだけで、見放されて犠牲になるのは必ず下っ端と決まっているのだ。

そんなニュースであふれている新聞の折り込みチラシに、先日こんなものが入っていた。

「誰かに気を配るのに疲れたなら、新聞を配りませんか！」

盛大にお茶を噴いて、テーブルの上が大変なことになった。

CW-286 ONOWN
ステレオ
クラウン45RPM
新聞少年
●憧れは雲にのって
山田太郎

僕にバカをうつせる人間は、
たった四人しかいないのだ

「はみだしもの」は、はみだしているわけだから、たいていの場合、たいていの場所で孤独を感じている。たとえばそこが学校の教室なら、外の景色を眺めながら、「おうい雲よ／ゆうゆうと／馬鹿にのんきさうぢやないか／どこまでゆくんだ／ずつと磐城平の方までゆくんか」と、国語の授業で習った山村暮鳥の詩を思い出しつつ、数学の授業を受けていたりする。

暮鳥もまた「はみだしもの」だったそうだ。わかるような気がする。もちろん数学の授業はまるでわからない。物理もわからない。化学もわからなかった。理数系は全滅で、すべて赤点だった。誰の話かと言えば僕の話で、僕は「はみだしもの」で「落ちこぼれ」だったのだ。

高校二年生の時だった。ふた月に一度の席替えで、僕の隣の席になったクラスメイトがとても面白いことを言った。

「先生、鹿子の隣の席はバカがうつるからいやです」

教室は爆笑に包まれた。その爆笑の中には僕の爆笑も含まれていた。要は全員爆笑していたということだ。バカがうつるのがいやだったクラスメイトは、バカはうつらないから平気だというクラスメイトと席を交換し、僕の隣から去っていった。

僕はなんとも思わなかった。僕の成績は常にクラスで最下位だったし、学年でみても下から五番目だった。それぐらいバカだと、もうなにを言われても平気だ。運良く窓際の席も確保できたし、特に言うことはなかった。

僕はその窓際の席で雲を眺めながら、ゆうゆうとこんなことを考えていた。(もしバカがうつるとしても、僕にバカをうつせる人間はこのクラスにはいないのだ。僕にバカをうつせる人間は、四百人もいる学年にたった四人しかいないのだ。それはとてもすごいことなんじゃないか)と。

先日、学年同窓会のお知らせハガキが届いた。僕はそういうものには行かないようにしている。理由は簡単だ。みんなにバカをうつすといけないからだ。

人はもがきながら、
恥をかきながら生きていく

ままならぬ。ああ、ままならぬ。ままならぬ。それにつけても金の欲しさよ。

これは僕の歩んできた「はみだし人生」を高らかに歌い上げた一節なのだが（さっき、ぱぱっと書いた）、ぱぱっと書いたにもかかわらず、どことなく普遍性を感じてもらえるのであれば、それは多くの人が「ままならぬ」人生を歩んでいるからだと僕は考える。

そう考えると、たとえ「はみだしもの」にならなかったとしても、僕の人生はやはり似たり寄ったりの「ままならぬ」ものだったのだろう。きっとお金も儲《もう》からなかったに違いない。

もちろん多少の程度差はあったと思う。「はみだしもの」になった僕の人生には、ちょっとどうかしてるぐらい「ままならぬ」時期があったし（暗黒の十年だ）、現金輸送車に積み込まれるジュラルミンケースを物欲しげに眺めては「金の欲しさよ」とつぶやく時期もあった（たぶん近々またそうなる）。でも僕は「ままならぬ。ままならぬ」と始終ドタバタもがきながら、かといってどうすることもできず、まるで濁流にのまれた材木のようにどこまでも流され続けた揚げ句、偶然たどりついた今の場所に、なぜかいくらかの救いとこころの平安を見ているのだ。

ケ・セラ・セラ　なるようになる
未来はみえない　お楽しみ

ドリス・デイの「ケ・セラ・セラ」の歌詞をそう訳したのは、映画監督の高畑勲さんだった。高畑さんが監督した『ホーホケキョ　となりの山田くん』のラストに流れるこの歌を聴いていると、僕はなんとも言えない不思議な気分になる。「ままならぬ」ことに、人はもがきながら、恥をかきながら生きていく。けれど「そうやって生きることこそが、生きることのおもしろさだよ。だから何が起きてもまずは肩の力を抜いてね。そしてくじけず笑いながら生きようとすれば、いつかはなるようになるもんだよ」と励まされているような気持ちになるのだ。未来はみえない。お楽しみなのである。

ときどき猫に話を聞いてもらっている

猫はいろんな顔をする。名前を呼べば「なあに?」という顔をすることもある し、「なんだよ!」という顔をすることもある。気持ちが顔に出やすいというか、ああ見えて正直なところがあるのだ。

悪い顔をしているときもある。台所でコソ泥のような真似をしているときは、「うひひひ」という顔をしているし、それが見つかれば「げっ、やべえ!」という顔になってあわてて逃げていく。猫は怒られるのが何よりも嫌いだ。小言を言われると、実に嫌な顔をしてこっちを見る。「はいはい。どうもすいませんでした。もう、あっちに行ってもいいすかね?」みたいな顔をしてふてくされる。

そんな猫も、長時間の留守をしていると心配してくれるようだ。玄関を開けるとそこには必ずといっていいぐらい猫がいて、「もう、こんな時間までなにしてたのよ。心配したんだよ」と少し怒った顔をして部屋に戻っていく。かつて放し飼いにしていたギンというオス猫は、僕の足音が聞こえると、ウニャニャニャニャニャニャと声を上げながら小走りで家に戻ってきて、僕を迎えてくれるのが常だった。

「ずっと待ってたんだよ！　ほら、あそこの家の屋根の上で！」

本当にそんな顔をしてこっちを見るのだ。

そんな猫たちと暮らすようになってもう二十年以上になる。今も三匹の猫と一緒に暮らしているが、そのうちの二匹は「捨て猫」だ。なりたくてそうなったわけではないだろう。いろいろ事情があってそうなったのだ。厳しい思いをしてきたからかもしれないが、この二匹には少し影のようなものがある。そしてたくましい。

僕はときどき猫に話を聞いてもらっている。とても人には話せないような話だ。ひどく悲しい話をすると、猫は「ふーん」という顔をしながら近づいてきて、僕のひざの上に乗って目をつぶる。意味はわからなくても、気持ちは通じるみたいだ。その距離感というか、接し方みたいなものが、僕の影に小さな灯《あか》りをともす。

どうにもニャン太郎

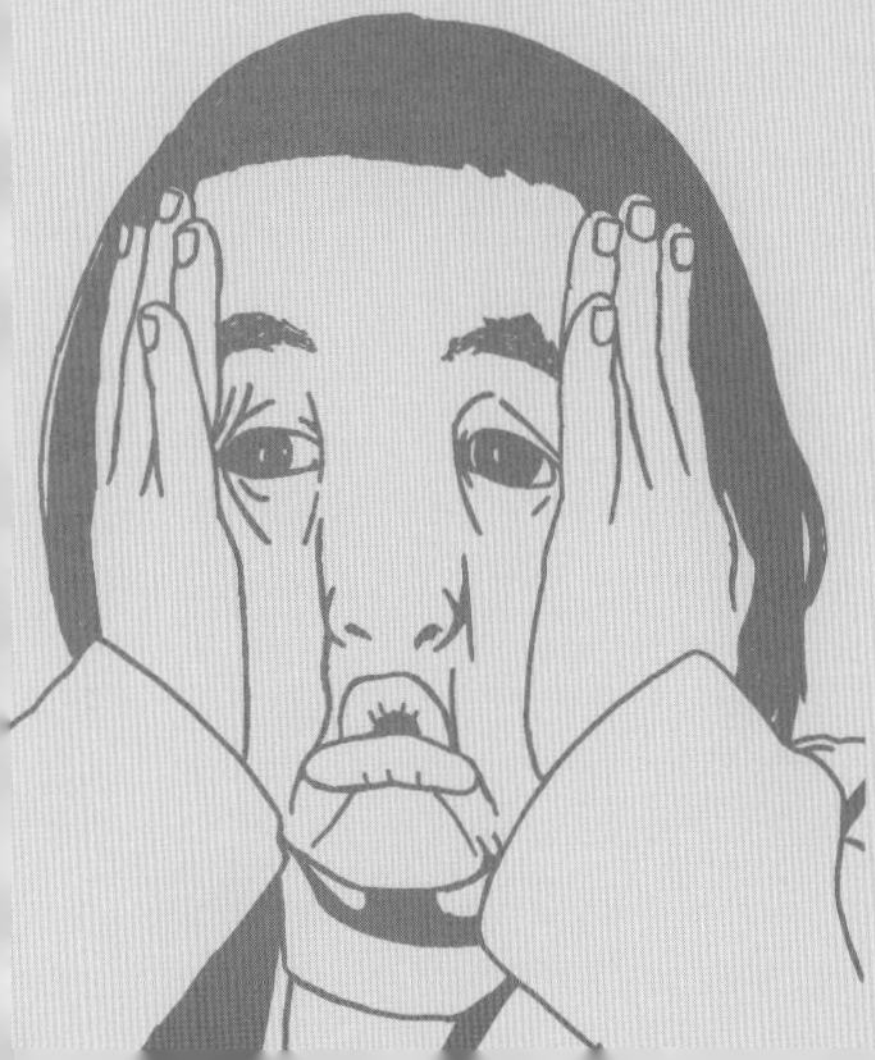

どうにかそっち側のスタイルで
生きていけないものか？

「さあ、新聞でも読むか」と広げた途端、どこからともなくやってきて、紙面のど真ん中にドヤ顔で寝転んでみせるのが、我らが猫の基本的な習性である。

それだけではない。

障子を破る、柱を削る、カーテンにぶら下がる、取り込んだばかりの洗濯物の上で毛づくろいを始める、ちょっと目を離したすきに肉・魚系のおかずをかっぱらう、エンピツや消しゴムをテレビ台の下にじゃんじゃん放り込む、パソコンのキーボードを勝手に押して「っっっっっっっっ」とでたらめに文字を打ち込んで喜ぶなどなど、猫のやることときたら、およそ迷惑なことばかりである。

にもかかわらず、我らが猫は一向に家から叩《たた》き出される気配がない。叩き出されるどころか、今日も人間よりたくさん眠り、おいしいご飯をたらふく食べ、専用のブラシで毛をすいてもらっては「苦しゅうないぞ」とお大尽気分を満喫しているのだ。

実務能力はゼロ。人間が同じ真似をすれば間違いなくリストラ。地域社会からも抹殺。場合によっては逮捕・拘留。とまあ、なにひとつ立派なことをしていない猫たちが、このせちがらい人間の世界でなぜか寵愛《ちょうあい》を受け続けている。カレンダーになったり、写真集になったり、特に何をするでもないのにコマーシャルに出たり、駅長を務めて花束をもらったりしている。本当に奇跡だ。

ドジとまぬけと意外性だけで世の中を渡っていく猫。何をやっても「そこがいいんじゃない！」のひと言でチャラにしてもらえる猫。黙って空を見上げるだけで哲学的だと思ってもらえる猫。ゴロニャン一発で人間の心に福祉と寛容の精神を自然発生させる猫。

そんな猫たちを「人生の師」と仰いで久しい。僕は、どうにかそっち側のスタイルで生きていけないものかと、日々、それなりの授業料を払って教えを請うている生徒なのである。

88

猫より暇になってはいかん

また猫が寝ている。昨日もひたすら寝ていた。毎日毎日ずっとこの調子だ。猫に「勤勉」の文字はないのだろうか。もっぱら怠惰に過ごすのが基本で、何事も成さないことをモットーにしているように見える。日々是《これ》好日。寝るが極楽。気分の乗らないことは何ひとつしようとせず、食べて寝て、ときどき遊んでまた寝てしまう。

そんな猫の姿を見て「うらやましいなぁ」と思う人間が、世の中には少なからずいることだろう。もちろん僕もその一人だ。隙《すき》あらば猫の尺度に合わせた生活態度に改めようと試みて、その結果、猫より暇になったこともある。

猫より暇な人間をやるのは、けっこう大変だった。なんせあの猫より暇なのだ。読書、音楽鑑賞、エレキギターの練習、自動車模型の組み立てなどなど。いろいろ手を出してみたものの、暇つぶしのタネは早々に尽きて、純度100%の退屈はすぐにやってきた。猫を見習って、できるだけたくさん寝るようにもしたのだが、毎日毎日たくさん寝ていたら、信じられないぐらい怖い夢をたくさん見るようになって、体の具合もおかしくなった。睡眠不足もつらいが、睡眠過多というのもなかなかつらいのだ。過ぎたるは及ばざるが如《ごと》し。何事もほどほどが肝要。少なくとも、半年で一年分寝てしまうような生活は、人間からやる気と根気と精気を奪うのでよろしくない。何はともあれ、僕が身をもって学んだことは「猫より暇になってはいかん」ということだった。

まあ、偉そうなことを書いてしまったが、今でも僕は、どちらかというと人間より猫に近い生活を送っている。また、基本的には猫同様、怠惰で何事も成さないことをモットーにしたいと思って生きている。

ただ、猫よりは少しだけ忙しくするようにしていて、なぜそうしているかというと、そりゃあ僕にだって、ほら、ご近所の手前というか、世間体というものがあるからだ。

僕の頭頂部はミーのツバでべとべとだ

自分で言うのもなんだが、僕はハゲである。まだ「つるっパゲ」状態にはなっていないが、日に日に頭髪の様子があやしくなっているので、「絶賛進行中のハゲ」であることは間違いないだろう。

僕もできることなら、こんな目にはあいたくなかった。なんだかスカスカになっていく頭を、たとえば風呂上がりなんかにじっくり鏡で見るのは、吹き出してしまうおもしろさがある半面、そこはかとない悲しさもある。ただ、あんまり気にしないでいられるのは、「もうどうでもいいや」という人生のやけくそ期、またはあきらめ期といったものに、僕が差しかかっているからかもしれない。

ハゲゆく僕の頭に、誰よりも関心を持っているのは、おそらく猫のミーだろう。毛があるはずの場所から、日に日に毛がなくなっていくという怪奇現象に、ミーはなんだか心を痛めているようだ。

「ここおかしいですね。どうしたんでしょうね」

最初は不思議そうに眺めるだけだったミーも、さすがにもう黙っていられなくなったらしい。僕が居間で寝転がっていると、必ず頭の様子をうかがいにきて、しばらく眺めたあと、「やっぱり、ここおかしいですよ」と、ザラザラした舌で舐《な》めてくれるようになった。右から左から。うしろから前から。まるで腕のいい理髪師のように、あっちから眺め、こっちから眺めしながら、「おかしいなぁ、やっぱりここおかしいなぁ」とそれはそれは熱心だ。

ミーにしてみれば、なんとかしてあげたい一心なのだろう。実に念入りにやってくれる。もうやめてくれ、と言ってもやってくれる。払いのけてもやってくれる。おかげで僕の頭頂部はミーのツバでべとべとだ。

残念ながらミーの献身的な施術は、今のところ発毛にはつながっていない。僕の頭髪は日に日にあやしくなるばかりだが、ミーはまだあきらめていない様子だ。べとべとのツバとザラザラした舌によるマッサージは毎日続いている。

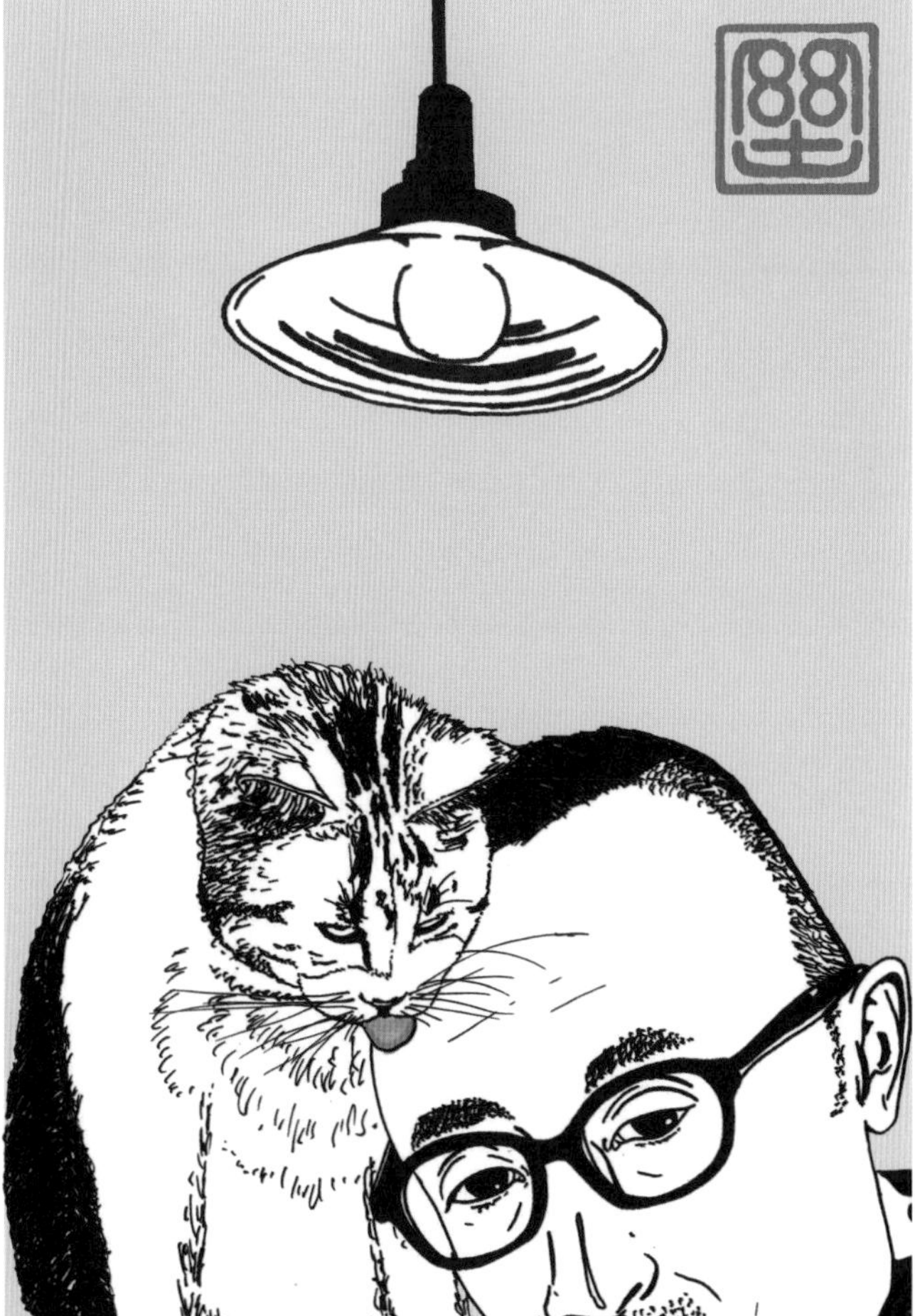

わたしにはわたしのやり方がある

トルーマン・カポーティの代表作『ティファニーで朝食を』には、ホリー・ゴライトリーという実に迷惑な、それでいて魅力的な女性が主人公として登場する。気ままな彼女のやることは、あれやこれやの騒動をまき起こし、周りの人々を困らせたり不機嫌にしたりしてしまうのだが、どうにも憎めないところがあって、結果的になんとなく許されてしまう。みんなブーブー言いながらも、彼女を本当に嫌いにはなれないのだ。

そんなホリーが、ふとこんなことを言うシーンがある。

「普通よりは自然になりたい」

訳文によって表現は少し違っているものの、言わんとしていることはそういうことだ。ホリーは実になんでもない会話の中で、なにか自由の本質のようなものを、さらっと言いのけている。

猫にもそんなところがある。猫には猫それぞれに心地いい生き方があって、それを大事にして生きている。先輩猫のやっていることを真似したりすることもあるのだが、それが自分に合わないと思えば、あっさり真似することをやめてしまう。同じことがうまくできないということに対して、自分が劣等であるとか、ダメであるとか、そんなことは少しも思っていないようだ。

あなたにはあなたのやり方があって、わたしにはわたしのやり方がある。ただそれだけの話。だから優等もなければ劣等もないし、ゆえに普通もない。そもそもそれぞれ違っているのだから、比べることがナンセンス。どうもそういうことらしい。

猫がどこか気高く見えるのは、その悠々自適さにあるような気がする。自適とは「自分にふさわしい自然なあり方」であって、猫は生まれながらにしてそのコツを身につけている。そう考えると、人間というものは同調圧力に苦しめられるような生き方をしているんだなあと思わずにはいられない。

猫と暮らしていると、そういうことを身にしみて感じる。

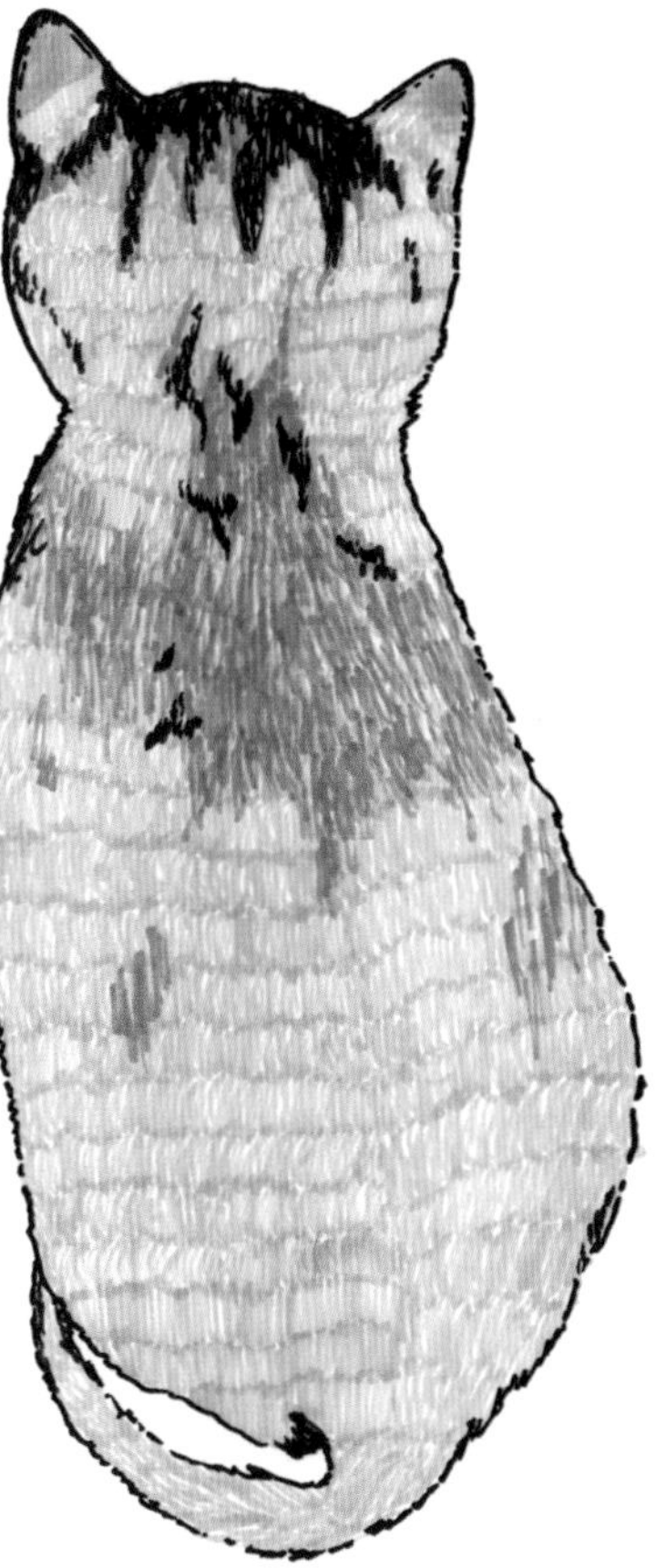

今年もどこかで誰かが、
確実にダメになっていく

子猫のかわいさときたら、これはもう「犯罪」である。あれは悪魔の作った「いけないもの」のひとつであり、人間をもれなくダメにしてしまう「兵器」だ。

よちよち歩きを始めた子猫は、その姿かたちだけで半径三メートルをバラ色に染めあげてしまう。やや大きめの頭、つぶらな瞳、小さな口、ぽやぽやの毛、ぽっこり出たおなか、太くて短い足。そのバランスを欠いた造形は、はっきり言って反則である。こっちを見ながら「みぃ」とか声を上げようものなら、そこにいる人間は完全に骨抜きだ。

それだけではない。やることなすこと「おまえ、まじかよ」と卒倒してしまうぐらい愛らしい。たとえばスリッパなんかに出くわすと、ぴょいんと後ろに飛び上がり、ぽやぽやの毛が生えたしっぽを掃除ブラシのように太くする。そうしておそるおそる近づきながら、「えいえい」と小さな手でパンチを繰り出し、「うにゅにゅ?」と首をかしげたりする。もうダメだ。ダメに決まっている。しばし格闘のあと、何をどう思ったかは知らないが、スリッパとは仲良くすることに決めたらしい。ピンク色の舌でちろちろなめた揚げ句、抱きしめて寝たりしている。悶絶《もんぜつ》は避けられない。

そういう子猫が家に一匹いるだけで、人間は身を滅ぼしていくことになる。革ジャンの袖にぶらんぶらんぶら下がっていても、カシミヤのセーターに穴を開けて「てへ顔」していても、子猫は無罪放免である。「とりゃあ！」と頭の上に飛びかかってきて、頭皮に爪が食い込んだとしても、小さな肉球をぺーいと見せられたら、人間は「ありがとうございます」と、ひれ伏す仕組みになっている。

そうやって子猫にかまけているうちに、やらなければいけない仕事はどんどん遅れていき、取引先からの信用も失っていく。だからもう子猫をもらうのだけはやめようと誓って、六年目の春だ。春は子猫がたくさん生まれる季節である。今年もどこかで誰かが、確実にダメになっていく。

なにかにつけて右往左往している自分が
愚かに見える

いま僕のひざの上には猫がいて、なにがうれしいのか、ごろごろ喉を鳴らしている。僕はその猫の頭をときどきなでながら、この原稿を書いているわけだが、実は足元にも猫がいて、こいつは床に放置された厚手のセーターの上ですうすう寝息を立てている。

夜中に原稿を書く僕の元には、こんなふうに猫たちが集まってくる夜がある。それを至福と思うか、迷惑と思うかは、その日の気分によりけりだが、仕事中のいまは少しだけ邪魔な感じだ。

まあ僕だって、たとえば原稿に行き詰まったりすると、猫の寝ている場所に行っておなかのあたりを突っついてみたり、耳のあたりをこちょこちょとくすぐってみたりして気分転換をしているわけだから、あまり文句は言えない。彼らだってせっかく寝ているところをそうやって邪魔されたら、「もうなんだよ」と思うのが普通だろう。実際、そういう顔をする日もあるし、思いのほか快く受け止めてくれる日もある。それもやっぱりその日の気分によりけりだ。

猫と暮らすということは、そうした「凡庸な日々」の積み重ねだ。一日単位で見れば平々凡々すぎて、そのありがたみは少しもわからない。けれど、その平々凡々さをたくさん積み重ねて、それをふとした拍子に眺め直してみると、その波風の立たないおだやかな日々が、たまらなく愛《いと》おしく感じることがある。今夜なんかはそんな夜かもしれない。とても静かで、世界はおよそ凪《な》いでいる。

猫はそんな平々凡々さをこよなく愛しているふしがある。ちょっと退屈で、これといって代わり映えのしない日々を望んでもいるようだ。そういう生き物とずっと暮らしていると、なにかにつけて右往左往している自分が愚かに見えることがある。幸せはどこか遠くに転がっているのではなく、すぐそばにあって、それはひざの上で喉を鳴らす猫だったり、足元で寝息を立てている猫だったり、そういうなんでもない姿かたちで、いまここにあるのではないかと、そんな柄《がら》にもないことを思うのだ。

何を隠そうウチの社長は犬！

猫と暮らしていると、引っ越しは途端に難しくなる。「ペット可」表示の賃貸物件も、よくよく見てみれば「小型犬のみ」と記されていることが多く、仮に「応相談」とあっても、猫が二匹いることを伝えると、やんわりお断りされてしまうのだ。

こうなってくると、間取りとか、交通の便とか、日当たりとか、人間の都合や希望は後回し。とにかく猫二匹と暮らせるならなんでもいい、お願いしますと、わらをもつかむ気持ちになってくる。

そうした物件探しの中で、僕は一軒の不思議な不動産屋にめぐりあった。電話で猫が二匹いることを伝えると、「それは猫ちゃんにとってもよろしいですな！」と言う。そして「犬を家族に迎えるのもよろしいですな！」とうれしそうだ。さらに「何を隠そうウチの社長は犬！　わたしは犬の下で働いておる社員ですわ！」と聞いてもいないことまで話しだした。

物件は敷地百坪の平屋一戸建てである。庭が七十坪もある代わりに、家屋は築五十年を超えたボロ家で、間取りもせせこましく安普請《やすぶしん》だった。不動産屋は「庭

ですー　ロバでもヤギでもラクダでも、この家はなんだっちゃオッケーが広かでしょ！　クジャクなんかもよかでしょうな！」と、電話の向こうで爆笑していた。僕は何もムツゴロウ王国をやりたいわけではなかったが、猫と暮らせるならと、賃貸契約を結んだのである。

猫たちは大喜びだった。木に登ったり、バッタやトカゲを追い回したり、屋根に上がってケンカしたりして、毎日大はしゃぎしていた。その代わりと言ってはなんだが、家の住み心地は最悪で、特に夏の盛りと冬の盛りは（竪穴住居とさほど変わらないのではないか）と思えるほどつらかった。

僕らは結局二年ほどで音を上げて、また引っ越しをすることになった。猫は残念そうだったが、さすがにこの家はもう無理だ。

およそ一年後のことである。僕らはその家の前を通る機会があった。借り手はすでに見つかったようだったが、なぜかブタの絵の看板が掲げてあり、そこには「放課後デイサービス・ぶーにゃん」と書かれてあった。

センターから引き取り元気にしています

今回は犬の話である。

僕の家の近所には、今どきめずらしいことに、野良で暮らす犬がいた。雑種だとは思うのだが、精悍《せいかん》な体つきをしている大型犬で、タイプとしてはボクサーと呼ばれる犬に限りなく近かった。

そんな大きな野良犬が都会の住宅街をうろうろしていれば当然目立つ。にもかかわらず、その犬は少なくとも六年以上、僕らの街で生活を続けていたのだ。

なぜそんなことが可能だったのか。ひとつはその犬が、保護林の中で暮らしていたからだ。そこは針金の柵で囲われていて、初夏になるとホタルが出る、手つかずの森のような場所だった。

理由のもうひとつは、その犬がけなげで賢かったからだろう。

犬は日が暮れるまで姿を現さない。ゴミもあさらないし、ほえることもしない。本当に申し訳なさそうな顔をしながら、黙って道の端をとぼとぼ歩く。どこかでごはんがもらえるのかもしれない。その姿は、胸をつかれるようなところがあった。メスだった犬はたびたび妊娠し、おなかを大きくしていた。ただ、子犬の姿を見かけたことは一度もない。犬は社会の片隅でひっそりと暮らしていた。

そのことを近所の人はよく知っていたから、大多数の人は温かい目でその犬を見ていた。ただ、中にはその犬のことを快く思わない人もいるらしく、ときどき役所の人がやってきて、森の中にわなを仕掛けていった。頭のいい犬はわなにひっかかることはなかったが、昨年の年末、ついに森から引きずり出されて捕まってしまった。

僕がそのことを知ったのは、処分される期日を二日ほど過ぎたころで、迷い犬のコーナーにあの犬の写真が載っていた。殺されると思ったのだろう。うなだれた犬は、深い悲しみに沈んでいた。

年明けのことである。その森の横に張り紙がしてあった。「センターから引き取り元気にしています。ご安心ください」。写真も貼ってあった。それは見たこともないぐらい明るい顔をした犬の写真で、「どんぐり山のマロンです」と書いてあった。名もない犬はマロンになって胸を張っていた。

同じ悪さを二度しなかった

僕が一緒に暮らした猫の中で、もっとも頭がよかったのはハッチというメスの猫だった。

ハッチは、ある日僕の家の庭に突然姿を現した。日当たりのいい場所に座って、耳の後ろなどをかいている。まだ子猫だった。

おどかさないようにそっとベランダの窓を開け、小さな声で「おいで」と声をかけると、おそるおそる僕の方に近づいてきた。おやつでもあげようと、ニボシを皿にのせて差し出すと、信じられない勢いでガツガツ食べた。山猫にそっくりな色と模様をしていて、しっぽの先が少し曲がっていた。

ハッチはそれから毎日、庭に遊びにくるようになった。夜も遊びにきているらしい。皿の上にのせたカリカリが朝になるとすっかりなくなっていた。ハッチは捨て猫だったのだ。ハッチはそうして僕ら夫婦と暮らすようになった。

一度、丸という先輩猫が行方不明になったことがある。丸はどちらかと言えばどんくさい猫だったので、何らかの理由で道に迷っているのかもしれなかった。

僕らは手わけして近所を捜し回った。一時間、二時間。丸はなかなか見つからない。僕らは丸の名前をあちこちで叫びながら捜した。それでも帰ってこない。途方に暮れた僕はつい「ねえハッチ。丸がいなくなっちゃった。お願い。どこにいるか教えてくれない？」と口走ってしまった。

ハッチはしょげかえっている僕をじっと見た。そして「もう。しょうがないな」という顔で外に出ていった。ハッチは五分ほどして戻ってきた。うしろを何度も振り返りながら、ゆっくりと。塀の上を歩くハッチのうしろには、なんだか申しわけなさそうな顔をした丸がとぼとぼついて歩いていた。

ハッチはそういう猫だった。悪さをして怒られると、まるで子どもが許しを請うように鳴いた。そしてしばらく落ち込んだ。かわいそうなのでやさしく声をかけると、妙な甘え方をした。ハッチは同じ悪さを二度しなかった。

死ぬ前日、慣れ親しんだ庭に出たハッチは長いこと景色を眺めていた。最後のおしっこを済ませると、大きな声で鳴いて一生を終えた。

集第一巻
馳星周

あいつ、
トイレはどうするつもりなんだろう？

新しい猫を家族として迎え入れる日は、とてもわくわくするものだ。僕は二十二年前のその日、打ち合わせ・取材・直帰という大うそをホワイトボードに書きこむと、昼すぎには会社を出た。

自宅に戻ると、妻が居間で昼寝をしていた。「猫は?」とたずねると、ピアノの下を指さす。

「うちに連れて帰ってきたら、あそこから出てこないの」

床に顔をつけ、ピアノの下をのぞきこむ。何かものすごく小さな物体が狭いスペースを右に左に移動している。それ以上は判然としない。薄暗い上に、たくさんの綿ぼこりが邪魔になって、よく見えないのだ。

妻は「むだよ。わたし二時間もがんばったんだから。それで疲れて寝てたの。こんな猫初めてよ」とあきれていた。

ほこりまみれの子猫が姿を現したのは、それから六時間ほどたった夜のことだった。ピアノの前に置かれたカリカリをダッシュで食べ、ダッシュで水を飲むと、子猫は再びピアノの下にもぐっていった。僕らは晩ご飯を食べながら、その姿を二十秒ほど眺めた。

「あいつ、トイレはどうするつもりなんだろう?」

僕はその日から居間に布団を敷いて寝ることにした。朝、目を覚ますと、皿の上のカリカリは全部なくなっていて、隣の部屋に設置していたトイレにはモリモリのうんことおしっこがしてあった。二日目も三日目もそんな調子で、ピアノの下をのぞきこむと、右に左に移動している。二日目も三日目もそんな調子で、まったくそこから出てこようとしなかった。

妻は、事情を話して元の飼い主の家に戻そうか、と言い出した。

「そうした方があの子のためにもいいと思うのよ」

そんな話をして寝た四日目の早朝のことである。ぐるぐるという音で目を覚ますと、僕の顔をじっと見ているとても小さな猫の姿が目の前にあった。僕は布団からそっと手を出し、その小さな頭を指でなでてみた。

「はじめまして。きみの名前は丸だよ。よろしくね」

子猫は信じられないぐらい喉を鳴らして僕に甘えはじめた。

KAWAI

うちには
エイズウイルス陽性の猫が二匹もいて……

僕はその猫に「テルちゃん」という名前を勝手につけて、今日も無事を祈っている。雨が強く降れば、濡《ぬ》れない場所にいることを願い、台風が来れば、安全な場所に避難していることを願う。

テルちゃんはこの春、近所の公園に捨てられたトラ模様の猫だ。

耳の片方が少しめくれている。

捨てられて間もないころのテルちゃんは、まだあどけない子猫だった。よく食べ、よく遊び、よく眠る。そうした生活の中から、子猫は生きる術《すべ》を少しずつ身につけていくのだが、公園にぽつんと取り残されたテルちゃんは、どうしていいかわからないようだった。石段を上り下りする人間なら誰彼かまわずすり寄って、甘えた声を上げながら食べ物をねだる。

そんなことをしたところで、もらえる確率はおそろしく低い。テルちゃんは何ももらえないとわかると、石段の横に植えられたツツジの茂みに姿をかくし、誰か別の人が来るのを待っていた。

「この子、うちに連れて帰っちゃダメ?」

妻は僕にそう言う。僕だってそうしてあげたいのはやまやまだ。けれど、うちにはエイズウイルス陽性の猫が二匹もいて……

「噛《か》まれたりしたら、この子だって」

公園にはいろんな人がやって来る。コンビニの弁当を一人で食べている若いサラリーマンの足元に、テルちゃんの姿があった。猫の缶詰が置いてある。一緒にランチというわけだ。僕はそのサラリーマンを拝みたくなる。

春が過ぎ、夏が来て、そんなある日のことである。公園の茂みの中から、少し大きくなったテルちゃんがひょっこり姿を現した。ひょこっ。ひょこっ。テルちゃんの背中の向こうに、黒い子猫が二匹いる。また誰かが捨てたのだ。

身寄りをなくした二匹の子猫は、すっかりテルちゃんをたよりにしていた。テルちゃんが歩けば、あとをついてぴょこぴょこ歩く。ご飯のもらい方もテルちゃんに習ったのだろう。元気そうだ。雨上がりの公園。晩夏の夕暮れ。ベンチに飛び乗ったテルちゃんの前で、黒い子猫たちがじゃれあっている。

猫は僕のまたぐらあたりが大好きだ

猫は冬支度をしない。あれだけ苦手にしている季節を、毎年毎年ぶっつけ本番で迎えてしまう。

体毛をすこし増やせば「どうにかなる！」と踏んでいるのだ。

猫の見通しは甘い。すぐ寒さに耐えられなくなって、布団にもぐり込んでくるようになる。

まあ、布団にごそごそもぐり込んでくるぶんには全然構わない。それをかわいくも思うのだけれど、うちの猫はなぜかもれなく、寝ている僕の身体の上をほふく前進し、その際には「必ず爪を立てる」という真似をする。場合によっては土を掘るようなしぐさなんかもオプションで加えてくるもんだから、鋭い爪が刺さるこちら側としてはたまったものではない。

猫は僕のまたぐらあたりが大好きだ。どうしてもそこじゃないと気が済まないらしく、ぐりぐりと身体を押し込み、無理やりスペースを確保しようとする。ふともにはさまれると「たまらなく落ち着く」らしい。そぉっと布団を上げて見てみると、どこでどう方向転換したのか、こちら側に顔を向けて目を細め、ごろごろ喉を鳴らしている。

何がそんなにうれしいのか。

僕の家にまだこたつがあったころ、そこは猫たちの楽園だった。赤外線に照らされたこたつの中の猫たちは、たいてい伸びに伸びていて、バカンスを楽しむセレブみたいにくつろいでいた。うかつに足を突っ込んで猫キックを浴びたことは一度や二度ではない。思いっきり噛まれて血が出たこともある。おまえの足などお呼びでない、ということのようだ。つくづく勝手な生き物だなと思う。

堕落するからという理由でこたつが廃止になって以降、猫たちの冬の楽しみは石油ストーブになった。「つけて。つけて」とおねだりすることもある。着火させると、赤い炎がちらちらするそのストーブ前に整列して、じぃっと反射熱を浴びている。普段仲良くできない猫たちも、このときばかりはおとなしい。やかんから立ちのぼる湯気。静かでおだやかな時間。ポカポカに仕上がった猫は、ちょっとほこりくさい、ひなたのにおいがする。

思い当たるふしが、
どうにも僕にはありすぎる

先日のことである。昼前に起きて居間に行くと、食卓テーブルの上に『自分はバカかもしれないと思ったときに読む本』という文庫本が置いてあった。

バカがいるのではない。バカはこうしてつくられるのだ！　バカをこじらせないための思考法をやさしく伝授。かたいアタマはバカの友。アタマはときほぐしておくに越したことはありません。

裏表紙にはそんな文句が躍っていた。僕の本ではないから、妻が買ってきた本だろう。

（まずいことになった）

と、僕は思った。なぜなら僕にはこのところ、いわゆるその、なんというかその、世間一般的に言う「稼ぎ」というものが、およそないままというか、まあその、お恥ずかしい話ではあるが、「食べさせてもらっている」状態が続いているというか、続きすぎているというか、それを考慮に入れれば、「お前そんな状態でよく昼前まで寝ていられるな」ということになるわけで、もし妻が「自分はバカかもしれない」と思ったのなら、きっとそのあたりに原因があるに違いないわけで、なんだか『北の国から』のナレーションみたいにしどろもどろの文章になっているのは、うしろめたい歴史と事実、そして思い当たるふしが、どうにも僕にはありすぎるからである。

以前書いたことがある。僕は無職のまま結婚し、その際、妻から「大きな猫が一匹いると思えば腹も立たない」と言われた。その回の原稿はなぜか大きな反響を呼び、「この奥さんのような寛大な気持ちを私も持ちたい」という読者からのおたよりがたくさん届いた。しかしみなさん、いよいよだ。結婚二十五年目にして、ついに堪忍袋の緒が切れる。ぶち。僕は食卓テーブルに着くと、『自分はバカかもしれないと思ったときに読む本』を前に覚悟を決めたのだ。

ところが、である。

外出から帰ってきた妻におそるおそるその辺のことをたずねてみると、「自分はバカかもしれない」と思ったのは、「物をよく失《な》くすから」ということであった。僕は猫たちの手をとり、「これからもよろしく！」と抱きしめた。

きっとどこかで
進化の方向性を間違えてしまったのだ

猫と過ごす冬は、ともに春を待つ冬だ。木枯らしが窓をたたくような朝、猫たちは冷え切ったサッシの窓辺に座って天気をうかがう。

低い雲が空を覆っている。丸裸になった木々のこずえが、その寒々とした姿を冷気にさらして凍えている。あたたかい日差しは今日も望めそうにない。コートの襟を立てた人が、坂道をコツコツとくだっていく。

そんな景色を眺める猫たちの背中は、まったくため息まじりといったところだ。猫たちはそうして窓辺を離れると、思い思いの場所に散っていく。

猫が冬眠しない道を選んだのは、世界七不思議のひとつかもしれない。あれだけ眠ることが得意なのに、なぜそうしなかったのだろう。不思議なことはまだある。寒がりのくせに、ホットなものを口にしない。お風呂も嫌いだ。温泉につかって目を細めているような猫を、僕は見たことがない。きっとどこかで進化の方向性を間違えてしまったのだ。

僕はひざに乗ってきた猫の頭をなでながらその不思議を思う。そしてその不思議を思いながら、こんなこともまた同時に思うのだ。

（もし猫が冬眠する動物だったら、こうして僕らと暮らすことはなかったかもしれないな）

頭をなでられた猫は、ごろごろ喉を鳴らしている。そうしてうつらうつら、いつしか夢の世界へと入っていく。人間より体温が高い猫は、ひざの上でほのかにあたたかい。それは僕にとって、数少ない冬の幸せのひとつである。一緒に冬を越してくれる動物が身近にいる。それは人間にとって、きっと喜ぶべきことなのだ。

午後になってようやく日差しが出てきた。冬の太陽は黄色い光で熱を運んでくる。猫たちがまた窓辺にやってきた。仲良く日だまりに足をそろえて座り、光と熱の滋味をたっぷり吸い込んでいるようだ。そんなとき、猫の輪郭は仏様のように輝いて美しい。

春よこい。早くこい。それは寒さが苦手でたまらない僕と猫たちが無言で交わす、毎度おなじみの合言葉だ。

俺たちダメなもん同士、
ボチボチいこうや

これが面白いのかどうか、ずっと考えていると、たいていのことは「面白くないんじゃないか」という結論を下したくなり、「じゃあどうすれば面白くなるのか」ということを考えすぎると、「そもそも面白いってどういうことだ」という話になり、どんどんわからなくなってきて、最終的にはドツボにはまる。

で、「だいたい面白くない人間が面白いことをしようと思っている時点で間違ってる!」という話になってきて、「俺の人生、よくよく考えてみれば面白くないことばかりだ!」とか、だんだん妙なことになってもくるが、いかんいかん、そういう話じゃないという話になって、とりあえず寝ようという話になる。

で、寝たら寝たで「どうにも面白くない夢」でうなされ、踏んだり蹴ったりみたいな気分で起きて、また面白くない気がする原稿に向き合う朝が来る。もうどうにかならんか、神様仏様!

とまあ原稿に行き詰まっていると、僕は大抵こんな思いをする。

そんなとき、猫は相変わらず猫の生活をしていて、その生活はと言えば、これが面白いのか、面白くないのか、どうもさっぱりわからない。極めて退屈で、何もすることがないように見える。

ああ、あの子猫のときに見せていた、この世界の何もかもが新鮮、はつらつとした毎日。猫じゃらしを振るだけでたちまち盛り上がっていたあの日々は、もはや遠い昔。惰眠とあくびと毛づくろいしかすることがないその様子を眺めていると、猫は「なに見てんだよ、この野郎」みたいな、「見せもんじゃねえぞ」みたいな、そういう態度をとり、ぷいとどこかに姿を消して、またも惰眠とあくびと毛づくろいに従事していたりする。

おまえたちもつらかろう、と僕は思う。つらかろうと思って、頭をなでてやる。そうして頭をなでながら「俺たちダメなもん同士、ボチボチいこうや」などと声をかけると、猫は「おまえと一緒にされたくないわ！」みたいな顔をして、またどこかに姿を消すのだ。むひー。

もはや「ちゅ〜る」はお呼びでない

確定申告の時期になると、多くの個人事業者は、めんどうな事務作業に忙殺されることになる。その申告書類の作成には、何よりもまず「領収書の仕分け」が必要になるのだが、この領収書というのが、まあなんともかんとも、ウルトラやっかいなのである。

普段から整理整頓を心がけている人なら、そんなことはないのかもしれない。けれど僕のような、ミソもクソも一緒、なんでもかんでもポイポイ引き出しに突っ込んでしまうダメ人間は、一年間ためにためた、なんだかわからない紙の山を前に、しばし呆然《ぼうぜん》とするしかない。そうして泣きべそをかきながら「これは雑費。これは交通費。で、これはおやつ代。ん？　おやつ代？　なにこれ！」と、折れ曲がったり丸まったりしているぐちゃぐちゃの紙きれを、一枚一枚広げてはきちんと確認し、地獄の仕分けをすることになるのだ。

その苦行ともいえる作業を、毎年心待ちにしている輩《やから》がいる。

猫だ。猫である。

ぐちゃぐちゃの紙の山に、猫はもう興味津々。姿勢を低く構え、かっと見開いたその目はいつになく黒目がちだ。しっぽは右に左に揺れていて、これは何かのタイミングを見はからっているとしか思えない。やめろ。やめてけれ。これは絶対さわらんどいてくれ。

そんな個人事業者のこころの声を、税務署の職員以上に無視するのが猫である。その紙の山に、メジャーリーガーもびっくりするようなヘッドスライディングをぶちかまし、仕分けされつつあった領収書をバラバラにして床にまき散らす。そして、ちゃいちゃいちゃいとかき交ぜたかと思うと、次の瞬間には、かさこそかさこそ床をはわせて追いかけ回すのだ。

「ちゅ～るをあげるから!」

狩猟本能に目覚めた猫に、もはや「ちゅ～る」はお呼びでない。うちにはタチの悪い猫がもう一匹いて、手薄になった食卓テーブルに頭からダイブだ。領収書がハズレ馬券のように宙を舞う。そして始まる、ちゃいちゃいかさこそ。

すべてが無に帰していく、そのにがい徒労感こそ、わが家の確定申告である。

今日も僕らを放っておいてくれる

結婚してすぐ猫と暮らすようになったので、夫婦そろって泊まりの旅行をしたことがない。猫のホテルや、ペットシッターのサービスを利用すればいいのかもしれないが、知らないところに預けられたり、知らない人から世話をされたりする猫の気持ちを考えると、それはどうしてもできないことのひとつになってしまった。

普段はそっけないふりをしているくせに、半日ほど二人で留守をしていると、猫は窓辺で僕らの帰りを待っている。玄関を開けると「もう、心配していたんだよ」という顔ですり寄ってきて、甘えた声を出す。遅くなってごめんね。おなかすいただろう。さあ、おいしいごはんにしようね。はたから見ればたわいなく見えるそんな猫とのやりとりが、ひどくいとおしく、かけがえのないことのように思える。

猫と暮らすことが当たり前になってしまったから、僕の生活から猫がいなくなってしまう日のことをうまく想像できない。想像すると涙が出そうになる。

郵便物を届けてくれる気さくなお兄さんから「今日は猫ちゃんいないんです

か？」と聞かれたことがある。「配達のときに会うのが楽しみなんです。今日は姿が見えないから」。書留にサインするほんのわずかな時間に、ぬくもりが生まれて世界が柔らかくなる。

「あ、にゃんにゃんがいる！」

手をつないだ親子が、僕の家の前で立ち止まっている。かわいい服を着た女の子の小さな指が窓辺を指している。「ほんとだね。にゃんにゃんかわいいね」。そんな声を耳にするひとときが、僕をたまらない気持ちにさせる。そうだよ。にゃんにゃんはかわいいよ。この世からいなくなったら、きっとみんなさびしくなるんだよ。

猫がそばにいるだけで、僕らは知らず知らずのうちに豊かな気持ちになっている。でも猫はそのことを自慢したりしない。恩着せがましく主張することもしない。ほどよい距離を保って、今日も僕らを放っておいてくれる。

ほら、またいつもの窓辺で、猫は気持ちよさそうに寝ている。

あとがき

新聞連載時にいただいた感想の多くは、文章の脱力感についてのものだった。「読むと肩の力が抜ける」という感想だ。僕はそのことをどこか勲章のように思っていた。

脱力した文章を書いていたのには、ちょっとした理由がある。

連載の掲載日が「毎月第二火曜日」だったのだ。

ご存じの通り、火曜日というのは、なんとも気分の盛り上がらない日だ。特に会社勤めをされている人にとっては「ちぇっ」みたいな日だろうと僕は思う。仕事もまだ始まったばかりだし、たぶん今日もまたサービスに近い残業が待っている。軽くうさ晴らしをしようにも、月の第二週目では懐の具合も中途半端にさみしい。

そんな火曜日の朝刊文化面に「さあ、今日も頑張っていきましょう!」とか「この本を買って読むと賢くなるんじゃないでしょうか!」というテンションの記事が載っていたら、僕だったら嫌だな、むかつくなと思ったのである。虫の居所によっては「この新聞とるのやめよう」と思うかもしれない。

連載の話をいただいたとき、まず僕の頭に浮かんだのはそんなことだった。

なにかとネジをしめてくる余裕のない社会である。そしてネジをゆるめる方向には、なぜかいかない社会である。それは人を息苦しくさせる社会なのだが、僕にはその流れを抜本的に変える力がない。なにか物申すだけの頭もない。そもそも大したことなど何もできないのだ。

（どうしたもんか……）

無力な僕にできることがあるとすれば、それは火曜日のネジをゆるめることだった。そういう原稿を書くことで、読む人の頭やこころのネジを（ほんの少しかもしれないけれど）ゆるめられたらいいなと思ったのだ。

装画を描き続けてくれた奥村門土《もんど》くん。どうもありがとう。近所だから直接言えばいい話なのだが、いざ顔を合わせるとそんな話は照れくさくてできない。

文化部記者の出田阿生《いでたあお》さん。あなたが連載の話を僕に持ってこなければ、こんな本は出なかった。どうもありがとう。新聞記者らしからぬ、まぬけな話ばかりするあなたが連載の担当者で本当によかった。

書籍化にあたっては、山﨑奈緒美さんと中村健さんのお力を借りることになった。僕の言いだすとんでもないわがままにつきあってくださったこと、心の底から申し訳なく思っている。

そして新聞連載時に感想をくださったみなさん。その声に励まされて僕は連載を続けることができました。こうして一冊の本になったのは、なによりみなさんのおかげだと思っています。もちろん、この本を読んでくださったあなたにも、厚く御礼申し上げます。

二〇二〇年十二月　鹿子裕文

鹿子裕文（かのこ・ひろふみ）

1965年福岡県生まれ。フリー編集者・著述家。著書に『へろへろ〈雑誌『ヨレヨレ』と「宅老所よりあい」の人々〉』（ナナロク社、ちくま文庫）、『ブードゥーラウンジ』（ナナロク社）。

モンドくん（奥村門土）

2003年福岡県生まれ。画家、イラストレーター。画集『モンドくん』（PARCO出版）。雑誌「ヨレヨレ」、瀬戸内寂聴『死に支度』、鹿子裕文『へろへろ』『ブードゥーラウンジ』の表紙・挿絵も担当。映画「ウィーアーリトルゾンビーズ」では俳優、家族バンド「ボギー家族」では音楽と幅広く活躍中。

はみだしルンルン

2021年1月31日　第1刷発行

著　者　鹿子裕文
装　画　モンドくん（奥村門土）
発行者　安藤篤人
発行所　東京新聞
〒100-8505　東京都千代田区内幸町2-1-4
中日新聞東京本社
電話　[編集] 03-6910-2521
[営業] 03-6910-2527
ＦＡＸ　03-3595-4831

装丁・本文デザイン　中村 健（モ・ベターデザイン）
ルンルンモデル　奥村 今

印刷・製本　株式会社シナノ パブリッシング プレス

JASRAC 出 2006706-001

ISBN978-4-8083-1051-6　C0095